「……ちょっとくらいは
勘違いしてもいいんですわよ？」
天王寺さんは何故か唇を尖らせた。

「頼む！　私の話を聞いてくれないか！」
都島成香
みやこじまなりか
「……トモナリコンサルティングに、正式に依頼する」
此花雛子
このはなひなこ
友成伊月
ともなりいつき
「えっと、コンサルティングの依頼ですか？」

「そういえば、うちの店、
最近ちょっとだけ売上が落ち込んでいるのよね」
平野百合
ひらのゆり
「実はね……会社の売上を
もっと伸ばしたいの」
旭可憐
あさひかれん
伊月がコンサルタントに!?

「……今でも、偶に思い描くんだ」

成香が小さな声で言う。

「伊月が此花さんのところではなく……

私の家で暮らしていたかもしれない可能性を」

それは……きっと、有り得た世界だ。

才女のお世話 7

高嶺の花だらけな名門校で、
学院一のお嬢様（生活能力皆無）を
陰ながらお世話することになりました

坂石遊作

HJ文庫
1130

口絵・本文イラスト　みわべさくら

contents

プロローグ

住之江さんの間接的な買収を防いでから、数日が経過した。

「友成さん。先日の広告掲載の件、ありがとうございます」

「ああ、いえ。こちらこそご契約ありがとうございます」

休み時間。教室で俺は、クラスメイトの女子とマネジメント・ゲームについて話す。

住之江さんとの買収騒動や、その後のトモナリギフトとウェディング・ニーズの資本業務提携については、マネジメント・ゲーム内のニュースで何度も扱われた。その結果、学院内での俺の知名度は自分でも驚くほど上昇していた。

ここで言う知名度とは、信頼に直結する。

だから今回の買収騒動を機に、俺は取引先を次々と増やすことができた。俺の方からも勿論声をかけることはあるが、どちらかと言えば向こうから声をかけてくれることが多くなったのだ。今話したクラスメイトも、トモナリギフトのサイトに広告を掲載してほしいといった提案を向こうからしてくれた。

今はいわゆる追い風が吹いている状態だ。ボーナスタイムと言ってもいい。この間にどれだけ会社を成長させられるかで、トモナリギフトの今後は変わっていくだろう。

「友成君。ちょっと相談に乗ってもらっていいですか？」

「相談？　いいですけど……」

「実は今、提携先の企業で悩んでいることがありまして……」

今度はクラスメイトの男子から相談を持ちかけられる。

（……最近、こういう相談が増えてきたな）

自分なりの答えを伝えながら、俺は内心で苦笑する。

住之江さんの買収を防いだからか、俺はM＆Aや業務提携などに詳しいと思われているようだ。しかし正直、雛子や天王寺さんと比べると天と地の差があるため、相談される度に複雑な気持ちになってしまう。……俺も勉強中なんだけどな。

一通り自分の意見を述べると、男子生徒は礼儀正しく感謝して自分の席に戻った。

チャイムが鳴り、授業が始まる。

……そういえば今日は、いつものお茶会だ。

一章 ◆ 友成伊月が目指すべきもの

「全員、見事に順調ですわね」

　お茶会が始まって、真っ先に天王寺さんはそう言った。

「特に友成さん。最近は手広くやっていると聞いていますわよ？」

「そうですね。今は商品を増やすために色んな取引先を作っています。例の騒動以来、相手から声をかけられることが多くて……」

　本当にありがたいことだ。

　ウェディング・ニーズの提携によって冠婚葬祭周りのギフトも充実しているし、おかげでトモナリギフトの売上は右肩上がりだ。

「実際、クラスでも友成に声をかける奴が増えてきたもんな」

「そうそう。アタシの友達もこの間、相談しに行ったって言ってたよ」

　そうなのか。

　その時は気づかなかったが、どうやら旭さんの友人も俺に相談してきたらしい。

「ふふふ……」

「……なんで貴女が得意気な顔をするんですの」

雛子が「鼻が高い」と言わんばかりのドヤ顔をしていると、天王寺さんが指摘した。

まあ、雛子にも資料とか共有してもらったし、今の俺があるのは雛子のおかげと言っても過言ではない。

ただ、あれから人に褒められることが多いので、俺も自覚できたことが一つある。

どうも俺は、優良な取引先を見抜くことが得意らしい。

データの裏に見える人の顔を観察するのが得意と言えばいいのだろうか。……正直、理屈はよく分からないし、こんな勘みたいなものに依存するのは恐ろしいのでこれからも経営の勉強は続けるつもりだ。ただ、琢磨さんみたいに恐ろしい観察眼で上手に世渡りする人も世の中にはいるわけだし、俺はこの武器を活かすべきだとも思う。

俺はこの学院の誰よりも勉強が遅れているのだ。

なら、持っている手札は少しでも活かすべきだと思う。選り好みしている余裕はない。

紅茶の入ったカップを持ち上げながら、俺は自分の成すべきことを検討した。

「最近は友成君のこと、かっこいいって言ってる人も増えてるしね～」

「えっ」

思わず、紅茶を飲まずにカップを置く。

今、衝撃的な発言が聞こえた気がした。

「やっぱり、あんまり有名じゃないところからスタートして、一気に成り上がってみせたっていうサクセスストーリーがかっこよく見えるんじゃない？　……あっ、有名じゃないっていうのは別に悪い意味じゃなくて！」

「それは分かってますけど……サクセスストーリーですか」

無名から成り上がったというより、予想外の業界で成り上がったのがよかったと旭さんは言っているのだろう。

しかし、サクセスストーリーか……。

……そんな単純なストーリーを歩んだつもりはないんだけどなぁ。

実際は綱渡りの連続だった。ウェディング・ニーズが提携してくれたからよかったものの、もし拒まれていたら俺の会社は今頃住之江さんのＳＩＳに呑み込まれていたかもしれない。何度思い出しても、もっといい方法があったかもしれないという考えが過ぎる。

「いや～、アタシも友達として鼻が高いよ。此花さんもそう思うでしょ？」

「そうですね。友人が褒められるのは誇らしいことです」

じゃあなんでさっきから脛を蹴ってくるんだよ。

痛い痛い痛い……一着何十万もする貴皇学院の制服が汚れてしまう。

「まあ、友成さんが節操なしなのは今に始まったことじゃありませんわね」

「あの、天王寺さん？　そんな目で睨まないでほしいんですけど……」

未だかつてないほどの冷たい眼差しを、天王寺さんは俺に注いでいた。

信頼されていない。どうして……。

やっぱりあの時のことを根に持っているのだろうか。二人で踊りながら、雛子と天王寺さんの会社、どちらを選ぶかと訊かれて俺がどちらも選べなかったことを。

「な、なあ旭。俺は？　俺の噂は何かないのか？」

「大正君の噂はまっっっっっっっっっっったく聞かないね！」

「そんな強調しなくてもいいじゃないか……」

大正が泣きそうだ。

旭さん、手加減してあげて……。

「ちなみに皆さん、何か課題に躓いている方はいらっしゃいませんの？」

天王寺さんの問いかけに、俺たちは互いに顔を見合わせるが、口を開く者はいない。

「課題、か……」

ポツリ、と小さな声で成香が呟いた。

「都島さん。何か悩んでいるのですか？」

「ああ、いや⁉　別にそんなことは、ないぞ……？」

なんで疑問形。

心配そうに見つめる雛子に、成香はあわあわと動揺しながら首を横に振った。

「では、今日はこれで解散としましょうか。……マネジメント・ゲームも今日から後半戦ですわ。気を抜かずに頑張りましょう」

天王寺さんの言葉に、俺たちは各々が頷いた。

お茶会同盟の皆は、順調に成果を出しているようだった。

◆

お茶会が解散となった後、俺たちはそれぞれ帰路についた。

天王寺さんはクラスメイトと打ち合わせがあるらしく、再び校舎に入って行った。大正と旭さんは既に迎えの車が到着しているらしく、早足で校門へ向かう。

「すまない。私もこの後、クラスメイトの相談に乗らなくちゃいけないから、失礼する」

まさか成香にそんなこと言われるとは思わなかった俺は、うっかり鞄を落としてしまいそうになるくらい驚いた。

「相談？　成香がか？」

「わ、悪いか!?」

「いや、いい。凄くいい」

驚いてしまっただけで、別に悪いとは微塵も思っていない。

「成香……成長したなぁ」

「ふ、ふふん！　そうだ、私も成長しているんだ！　……だからその、お爺ちゃんが孫を見るような目で見るのはやめてくれ」

成香は複雑な表情を浮かべたまま、校舎の方へ向かって行った。

俺と雛子は二人きりになる。

すると、雛子が真っ直ぐ伸ばしていた背筋をだらんと丸めた。

「ふぃ〜〜……疲れた……」

「こらこら、気を抜くのはまだ早いぞ」

「んむ……早く車に乗りたい……」

一応、周りに他の生徒たちはいないようだが、誰かに見られでもしたら雛子の完璧なお嬢様という体裁が崩れる。

あともう一息だ。雛子は怠そうな顔で校門の方へ歩き出す。

「あ、此花さん！　すみません、ちょっと相談に乗ってもらってもいいですか？」

その時、背後から見知らぬ生徒に声をかけられた。

雛子の表情が萎れる。……ああ、折角あと少しで演技を解けたのに。

「……俺が断っておこうか？」

「ううん……断っても、ゲーム内でチャットを送られるだけだから。……行ってくる」

「分かった。終わったら連絡してくれ」

雛子の目は死んでいた。

実際、学院でこの手の相談を断ったらチャットされるという事態を何度も経験しているため、雛子の判断は早かった。

人気者も大変である。最近は俺も相談されることが多いが、雛子ほどではない。

「頑張れ。この後、こっそりポテチ買ってくるから」

「……ん！」

この一言が効いたのか、雛子は元気を取り戻して声をかけてきた生徒の方へ向かった。

静音さんからは「餌付けしないでください」と言われているが、最近はあまりしていないし、まあ偶にはいいだろう。

しかしこうなると、俺が暇だ。

雛子に声をかけた生徒は改まった様子だったし、しばらく時間がかかりそうである。適当に学院をうろうろして時間を潰すことにしよう。

貴皇学院は広い。しかし一学期通っていると、なんだかんだ大体の場所には足を運んだことになる。カフェ、グラウンド、テニスコート、図書室、体育館。最近は運動不足だったのでその解消も兼ねて、俺は色んなところを見て回った。

最後に校舎の前を通ろうとすると、成香の姿が見えた。

「成香？　もう相談は終わったのか？」

「ああ。思ったよりも早く済んだから、ここで迎えを待っていたんだ」

しかし成香は暇そうというより、ちょっと落ち込んでいるように見える。

迎えにはもう少し時間がかかると伝えていたのだろう。

「まあ、早く済んだというより、私がちゃんと相談に乗れなかったんだけどな……」

「……そうなのか？」

「大企業の経営について教えてほしいと言われたんだ。ただ私も、感覚でやっていることが多くて上手く説明できなくてな。……相手には申し訳ないことをした」

この時期になると会社の規模が大きくなって、その変化に戸惑う生徒も増えてくる。成香に相談した生徒もきっとその一人だろう。

俺も似たような相談を何度か受けたことがあった。

「気にする必要はないだろ。俺もよくそんなふうになるし」

「そ、そうか？」

「向こうだって、なんでも答えてくれるとは思ってないさ。……それより、いつの間にクラスメイトからそんな頼られるようになったんだ？　ちょっと前までは、まだクラスに馴染めてないって言ってただろ」

「あ、ああ。ゲームが始まってから、色々声をかけられるようになってな。私の会社が順調だからコツを教えてほしいって、よく言われるんだ」

　マネジメント・ゲームは生徒同士の交流を活発にする。

　今の環境はひょっとすると、成香が新しい友人を作るいい機会なのかもしれない。

　そんなことを思っていると、成香がニマニマと変な笑みを浮かべた。

「なんだ、その顔は」

「いや……やっぱり伊月は、私のことをよく見てくれているなって」

「そりゃあ、散々泣きついてきたからな」

「うっ……そ、それもそうか」

嬉しそうにしていた成香が凹んだ。

……実は、それだけじゃない。

散々泣きついてきたので気になっているのも事実だが、俺が成香のことを気にしている理由は他にもう一つある。

それは、競技大会があった日――。

――私は……伊月だけだっ！

あの日、成香は俺に言った。

――私にとっての特別は、伊月だけだ！　未来永劫、伊月だけだ！

あの時の言葉が今も耳に残っている。

俺は、成香が俺みたいに気兼ねなく話せる友人をもっと作れたらいいなと思って、成香に「これからも特別な人を増やしていければいいな」と言った。でも成香は半泣きになりながら首を横に振った。それは違う。特別なのは俺だけなのだと。

……あれ以来、どうしても意識してしまう。

成香と二人きりになると、あの時の言葉が偶に脳裏を過ぎってしまう。特別ってつまりどういう意味なんだ？　成香は結局、何を伝えたかったんだ？

取り敢えず、下手に想像を膨らませると気まずくなりそうなので、言葉以上の意味は受け取らないようにしていた。……まあ成香のことだから、あまり深い意味はないのかもしれない。これから成香が作ろうとしているのは友達で、でも俺は親友だからただの友達とは違うと言いたかったのだろう。

流石に、恋愛的な意味があるわけではない。

ない……よな？　いや、だって、成香だし……。

（……少なくとも今は、考えないでおくか）

向き合うべきタイミングは、多分、今じゃない。

俺が一方的に考えすぎて、気まずい関係になってしまったら成香も困るだろう。マネジメント・ゲームも後半に入り集中しなくちゃいけない今、問題を増やすべきではない。

それに……成香は今も、俺のことをよく頼ってくれている。

この状態で俺と成香が気まずくなったら、成香はもしかすると、頼りにできる相手がいなくなって辛い思いをするんじゃないだろうか。

そう思うと……踏み込みにくい。

「ん？」

こちらの気持ちを他所に、成香は何かを見つけて近づいた。

「伊月！　サッカーボールがあるぞ！」

「……誰かがしまい忘れたのかもな」

ボールを見つけた成香は楽しそうにこちらを見た。

この無邪気な態度を皆の前でも出せればいいんだが……。

「パス！」

ボールが俺の足元に転がってくる。

成香のパスは優しくてトラップしやすかった。自分の実力を誇示するためではなく、相手に気を遣った力加減ができている。

相変わらず、スポーツだと器用だ。

得意不得意がこれほどはっきり分かれているのは珍しいと思う。

今度は俺が成香にパスする。

「久しぶりにボールを蹴ったな」

「貴皇学院では一年生の頃にサッカーをやるんだが、伊月は今年入ってきたからな」

ということは、俺が授業でサッカーをやることはもうないのか。

まあ授業でやらなくても、こうしてボール一つあればいつでもできる。

「ほら、伊月！」

「おっと」

成香がわざとボールを浮かしたので、胸でトラップして受け止める。

また制服が汚れてしまったかもしれない。あとで静音さんに怒られそうだが……成香の楽しそうな姿に釣られて、俺もつい童心に返ってしまう。

……やっぱり、成香とはこういう気楽な関係を維持した方がよさそうだな。

少なくとも今はそう思う。

「さっきお茶会で、天王寺さんが何か課題はないかって皆に訊いただろう？」

何回かパスを繰り返していくうちに、成香が語り出した。

「あの時、一瞬だけ皆に聞いてもらおうか悩んだんだが……皆はどうやって、初対面の人と堂々と話しているんだ？」

「……というと？」

質問の趣旨がよく分からなかったので、俺はボールを蹴り返しながら成香を見る。

「マネジメント・ゲームが始まってから、初対面の人と話す機会が多くてな。伊月のおかげで、あれから少しずつ仲のいい人は増えてきたが……初対面の相手にはまだ怖がられることも多い。そのせいで打ち合わせが進まないことが何度かある」

マネジメント・ゲームのおかげで成香は今、初対面の人と話す機会が増えているのだろう。それゆえに新たな悩みを抱えているようだ。

もしかすると、今回の打ち合わせも同じような流れで失敗したのかもしれない。

マネジメント・ゲームは現実でのやり取りも大事だ。実際、トモナリギフトとウェディング・ニーズが提携できたのも、俺と生野の現実世界での交渉があったからである。

「私がもっと堂々としていれば自然と誤解も解けるはずなんだ。でも、私のことを怖がっている人を前にすると、私まで上手く話せなくなってしまう。あの怯えた目を見ると、急に頭の中が真っ白になってしまうんだ」

成香は以前、去年の競技大会で皆に怖がられたことがトラウマだと言っていた。

でも今の話を聞いて確信する。多分、成香はまだトラウマを払拭できていない。

当たり前だ。なにせ成香はほぼ一年間、ずっと同級生たちに怯えられていたのだ。俺たちの前では明るい態度を見せてくれるが、針のむしろに座り続けていた成香のネガティブなイメージはそう簡単には消えないだろう。

（競技大会を境に、成香の悪いイメージはある程度払拭できたけど……成香自身ももっと変わらなくちゃいけないのかもな）

いい方向に変化はしているはずだが、まだ足りないということだろう。

少なくとも本人は納得していない。

ただ、こればかりは……。

「……ひたすら経験するしか、ないんじゃないか？」

　簡潔に答えすぎたので、補足する。

「そのためのマネジメント・ゲームだと俺は思うぞ。将来、現実で今みたいな失敗をしないために、このタイミングでひたすら経営の経験を積んでおく。それがこのゲームの趣旨なんだし」

「……確かに。上手くいかないのは、ある意味当然のことなのか」

「ああ。だから今は失敗してもいい気がする」

と言いつつも、俺は頭の中でもっと具体的なアドバイスをできないか考えていた。

しかし、初対面の人と会話がぎこちないのは、正直普通な気もする。

成香も将来は大企業を背負う身だ。普通のままじゃ駄目なのは分かるが、残念ながら俺自身がまだそこまでの領域に達していないので言えることがない。

「成香は、どこを目指しているんだ？」

　思わず俺は、成香に訊いた。

「ゲームだけの話じゃなくて、最終的にどんな人になりたいんだ？」

「む……そ、それはなかなか難しい質問だな」

　俺も訊かれたらしばらく悩み続ける気がする。

だから成香が答えに悩んでも、俺は全く急かすつもりはなかった。

「そうだな、分不相応な目標だとは自覚しているんだが……」

成香はもじもじと遠慮がちに言う。

「最終的にはやっぱり、此花さんや天王寺さんみたいな人たちに、並びたいな……」

基本的にネガティブなのに、なんだかんだ妥協しないのは成香のいいところだ。

そしてその目標は、俺と全く同じでもある。

「頑張ろうな、お互い」

俺と成香ではスタート地点が天と地の差だが、同じ目標を持つ人が身近にいてなんだか嬉しかった。

そうだよな……。

並びたいよな、あの二人に。

普段あれだけ傍で接しているのだ。きっと旭さんだって、大正だって、内心では同じことを思っているに違いない。

沸々とやる気が湧いてくることを実感していると、スマートフォンが震動した。

雛子からアプリで「終わった～」とメッセージが届いている。

「じゃあ、俺はそろそろ帰るから」

「分かった。ありがとう伊月、相談に乗ってくれて」

「あんまり力になれてない気がするけどな」

「そ、そんなことはないさ！　都島家の家訓には『会見を恐れるべからず』というのがある。伊月のおかげでそれを思い出すことができた。……私も恐れずに人と話してみるぞ！」

　そんな家訓があるのか……。

　校門へ向かう。……その前に、俺は一度だけ振り返った。

「成香、これは言うべきか悩んだんだけど……」

　首を傾(かし)げる成香に、俺は気まずさを感じる。

　あとで成香が恥(はじ)を掻(か)かないように、言うべきだろう。

「その……あんまり、スカートで足を上げない方がいいと思うぞ」

「え……あっ⁉」

　成香が顔を真っ赤にしてスカートを押(お)さえた。

　次からはもっと早めに気づいてほしい。

◆

此花家の屋敷に帰った俺は、琢磨さんと通話してゲームの進捗を伝えた。

『軌道に乗ったね』

スマートフォンのスピーカーから、琢磨さんの声が聞こえた。

事前にゲームの状況についてはテキストとスクリーンショットを送って共有しているが、しっかり目を通してくれたようだ。

『それで、どうする？　今後の方針は』

琢磨さんが訊く。

『伊月君も感じていると思うけど、今の市場は規模が小さい。もう少し収益は上がるだろうけど、そろそろ頭打ちになるんじゃないかい？』

「そうですね。……正直、天井は近いと感じています」

ギフトというニッチな市場に目をつけた自分の選択は、間違ってないと思う。住之江さんというライバルがいたことは想定外だったが、それ以外の競合相手はほぼいなかったし幸先のよいスタートを切ることができた。

ただ、日頃から雛子や天王寺さん、成香たちと話していると、ビジネスの規模が違いすぎて圧倒されることがある。

正直……羨ましい。

俺も、もっと大きな数字を扱ってみたい。

夏休みの最後、俺は昔住んでいた家で雛子に誓ったはずだ。いつか俺は雛子たちと対等な人間になってみせるんだと。そのための指標の一つとして、俺は皆みたいに大きな責任を背負える人間になりたいんだと。

トモナリギフトは、我ながら逞しく成長したと思う。

でも、これ以上の責任を背負おうと思うなら——この会社じゃ足りない。

「……二つ目のビジネスを始めてもいいですか？」

『よし。その言葉を君自身の口から聞きたかった』

琢磨さんは、大事な選択はちゃんと俺自身にさせるよう誘導している。

この人、普通に教育者としても優秀だ。……頼って正解だった。

『新しいビジネスを始めるのは僕も賛成だ。ただ、今の会社をどうするかは考えた方がいいね。Ｍ＆Ａで売却して、その利益で次の会社を設立するか。或いは後継者を用意して任せるか。事業継承にも色んなやり方がある』

今の事業を経営しながら次のビジネスまで始めるのは、残念ながら俺のリソースでは不可能だ。琢磨さんもそれが分かっているから、事業継承を前提で話を進めてくれる。

トモナリギフトは俺以外の従業員がＡＩなので、内部承継するなら次はＡＩが社長となる。一方、M&Aや、外部から役員を招いて承継してもらう外部承継なら、ＡＩじゃなくてプレイヤーに後を任せられるかもしれない。

手塩にかけて育てた会社だ、どうせなら知人に後を任せたいところである。

「知り合いに後を継いでもらう場合でも、株の売却はできますよね？」

『伊月君が今持っている株を売りたいわけだね。勿論可能だよ。その場合は譲渡よりもハードルが高くなるけど、相手次第かな』

新しいビジネスを始めるには元手が必要だ。できれば譲渡ではなく売買で継承したい。

次のビジネスの内容と、元手の確保。これらは並行して考えよう。

『ここから先は伊月君が決断するべきことだ。結果を楽しみにしているよ』

そう言って琢磨さんは通話を切った。

ふぅ、と小さく吐息を零し、肩の力を抜く。

午後九時。丁度、ゲームの終了時間だ。

俺は放課後、静音さんに内緒で買ったポテチを片手に、雛子の部屋に向かう。

「雛子、今いるか？」

「……っ!?」

ノックして声をかけると、ドタドタドタドタ！　と大きな物音が聞こえた。

しばらく待っていると「ど、どうぞ……！」と返事がしたので中に入る。

机の前に、雛子が座っていた。

その顔は何故か真っ赤で汗ばんでいる。

「えっと……大丈夫か？　物音がしたけど」

「べ、勉強してただけだから……大丈夫」

絶対、何か隠している。

部屋をざっと見回すと、ベッドにかけられた布団が不自然に膨らんでいると気づいた。

「……これか？」

「あっ……⁉」

布団を捲ると、少女漫画が隠されていた。

「百合から借りた漫画か。……静音さんならともかく、別に俺には隠さなくてもいいんじゃないか？」

「ん、まあ……そう、かも」

雛子は歯切れの悪い返事をする。

まあ静音さんも、漫画くらいは許してくれる気がするが。……内容によっては教育に悪いと言われて没収される可能性はあるかもしれない。

……もしかして、この漫画がそうなのだろうか。

試しに中身を読もうとすると――。

「な、中は、読まないで……っ！」

雛子は慌てて俺に近づいた。

「その、私も、まだ読んでないから……！」

「そ、そうか。悪い」

別にネタバレとかをする気はなかったが……まあ雛子が借りたものだし、自分が先に読みたいという気持ちも分からなくはないか。

「……一応言っておくと、多分、過激なものは静音さんが許してくれないと思うぞ？」

「そ、そういうのじゃないから、大丈夫……！」

別に内容が過激だから隠したかったわけではないらしい。

というか雛子、過激なものが何を指すのか分かるんだな……。

「い、伊月。そろそろ……お風呂の時間」

雛子が時計を見て言う。

「そうだな。じゃあ入るか」

のんびりポテチでも食べようかと思っていたが、先に風呂に入ることにした。

◇

この日、此花雛子は覚悟していた。

——いい加減、伊月をドキッとさせたい。

この節操なしの鈍感男に、自分のことを意識させたい。そう強く思っていた。

今日のお茶会が雛子の背中を押した。確かに最近、伊月が女子から声をかけられているとは思っていたが、まさかそんな話になっているとは。

（このままでは、世界中が伊月の魅力に気づいちゃう……！）

想像力豊かな雛子の脳内では、伊月が百人の女に群がられながら「ははは」とワイングラスを傾けていた。こんな未来を許してはならない。

丁度まさに先程、今回の作戦の予習をするために百合から借りた漫画を読んでいた。その最中に伊月が来たから慌てて本を閉じたのだ。

幸い、伊月はこの漫画の中身を知らない様子である。なら作戦に支障はない。

今こそ決行の時——。

「……よし！」

水着に着替えた雛子は、気合を入れて風呂場に向かう。

「伊月……お待たせ」

「ああ」

伊月は先に風呂に入っていた。

湯船に足をつけながら、何か書類のようなものを読んでいる。

「それ、ＢＳ？　読めるんだ……？」

「ああ。琢磨さんに、読めるようになっておけって言われてな」

ＢＳは会社の財政状態をまとめた書類のことだ。

前まではＢＳもＰＬも知らなかったのに、もう理解できるようになったらしい。

素直に賞賛したいが、今はそんな気分じゃなかった。

……またあの兄か。

またあの兄が邪魔するのか。

「むー……」

「……あ、悪い。その、琢磨さんの話はやめとくか」

伊月が気まずそうに笑いながら、書類を脇に置く。その顔を見て、自分が今、不機嫌な顔をしていることを自覚した。

（私は大人。私は大人。私は大人。…………………よし！）

三回念じて自分に言い聞かせる。雛子はちょこんと伊月の隣に座った。

兄のことを記憶から捨て、

「あ、あー……今日は、いつもより疲れたな〜……」

チラチラと、伊月の様子を窺いながら雛子は言った。

「身体も、洗ってほしいな〜……」

「……え」

伊月が固まる。

「いや、その、身体は自分で洗う約束だろ？」

「でも、今日はとっても疲れたな〜……」

こっそり、少しずつ伊月に近づきながら雛子は言う。

「……洗って、くれないかな〜……？」

上目遣いで伊月を見つめる。

伊月は微かに頬を赤くしていた。

効いてる……！

手応えを感じた雛子は、一気に畳みかけることにした。

「こ、ここ、とか……洗って、ほしいな〜……」

「ちょっ⁉」

水着の肩紐を少しだけズラして、雛子は言った。

すると伊月は分かりやすく動揺する。

だが平静でいられないのは雛子も同じだった。

（ちょ、ちょっと、攻めすぎたかも……っ）

少女漫画ではこんな感じにしていたが、自分にはまだ早かったかもしれない。

おかしい……頭の中では今頃、大人っぽい妖艶な笑みを浮かべながら伊月を見つめていたのに。頬が熱くなり、まだ風呂に入ったばかりなのにのぼせたような気分になる。

伊月は……どんな反応をしている……？

緊張しながら伊月の顔色を窺うと、

「…………伊月？」

伊月は、視線を逸らしながら物凄い形相をしていた。

金剛力士像の右の方みたいだ。

「雛子、大事な話がある」

「……ん、ん？」

湧き出る感情を全力で戒めているような、険しい顔つきで伊月は言う。

あれ？　なんだか思っていた反応と違う……。

「そういうのは、その、はしたないぞ」

「は、はした、ない…………っ⁉」

ガーン！　と頭の中で音が鳴り響いた。

まさか、そんな反応をされるとは思ってもいなかった。

「今更すぎる気もするが、女性がみだりに肌を晒すのはよくない。いや、もう本当に今更すぎるんだけど……」

とても気まずそうな顔で伊月は言った。

雛子は顔を真っ赤に染めながら、わなわなと震える。

「だ、誰の……」

「誰の、せいだと…………っ‼」

伊月が鈍感だから、頑張ってみたのに……！

雛子は肩紐を戻し、怒りを発散するべく静かに息を吐いた。

「……洗って」

伊月と目を合わせることなく言う。

「髪。早く。洗って」

「は、はい」

伊月は恐る恐る雛子の髪を洗い始めた。

伊月がポテチ片手に雛子の部屋へ向かっている。

部下のメイドからそんな報告を受けた静音は、現場を押さえるためにこっそり伊月の後を追い、雛子の部屋へ向かった。

しかし扉をノックしても反応がない。

風呂に入っているのだろうか？　そう思い静音は風呂へ向かった。脱衣所には案の定二人の服が置いてある。

こっそり中を覗き、静音は事の顛末を見守った。

（お嬢様……それは流石に焦り過ぎですよ……）

伊月は雛子のことを大切にしている。だからこそ、軽いノリでは一線を越えない。これに関しては、静音は伊月に絶大な信頼を寄せていた。

もし本気で伊月を落としたいなら……多分、もっと重たくて真剣なムードを作った方が効果的である。あと既成事実とかにはめちゃくちゃ弱そうだ。

（……いやいや、私がそんなこと考えてどうするんですか）

変な光景を見てしまって動揺しているようだ。落ち着くためにも風呂場から離れる。

ベッドの上に少女漫画が置いてあった。手に取って中身を読む。……なるほど、どうやら今回はこの漫画を真似してみたようだ。

思わず額に手をやりながら溜息を吐く。

漫画は現実と違うことを知るまで、まだまだ時間がかかりそうだ。

その時、誰かから着信が入った。

スマートフォンの画面を見る。……また別の溜息の種だった。

静音は渋々通話を始める。

「間違い電話です」

『いや間違いじゃないよ』

一瞬で通話を切ろうと思ったが、間髪をいれず向こうも指摘してきた。

きっとこの男——此花琢磨は、今もヘラヘラと軽薄な笑みを浮かべているのだろう。

『久しぶりだね、静音。今ちょっといいかい？』

「よくないです。誰かさんと違ってとても忙しいので」

『忙しさのコントロールも仕事のうちだよ。君は今、メイド長という立場なんだから、もっと人を使って適切に分散しないと』

　皮肉で言っただけなのに、真面目に返された。

　ムカつく男である。

『仕事で使いたいデータがあるんだけど、外出していてアクセス権がないんだ。本社のサーバーに入っている顧客リストのＤ７から９を僕のパソコンに送ってくれないかな』

「……畏まりました」

　自分が断ったら、この男は他の人に頼むだけだろう。それでは誰かの仕事を増やしてしまうので、静音は仕方なく頼み事を引き受けた。

「琢磨様。貴方は伊月さんをどうするつもりですか？」

『その質問は以前、雛子にもされたよ』

　琢磨が伊月のオブザーバーだと気づいた雛子は、また兄がよからぬ企みをしているのではないかと疑い、一度琢磨に連絡を取った。あの時のことを言っているのだろう。

「伊月さんは順調にゲームを進めています。……正直、予想を上回る勢いです。だからこそ、この先で何を成し遂げるつもりなのか気になりました」

『と言っても、ゲーム終了まであと三週間くらいだからね。成長率は凄まじいけど、結果自体は案外無難な内容に落ち着くかもしれないよ？』

「ゲームの話だけではありません」

ついでに言うと、多分ゲームの中でも無難な結果には落ち着かない気がする。

琢磨も同様の予感があるのか、敢えて曖昧に濁した言い方をしていた。

「貴方は最終的に、伊月さんをどんな人間にしたいのですか？」

その問いに、琢磨はしばらく沈黙する。

珍しい。この人が返答に困るなんて。

『……最初は、シリアルアントレプレナーにさせるつもりだったんだ』

シリアルアントレプレナーとは連続起業家のことだ。会社を起業し、軌道に乗ってきたらその会社を売却し、その売却益でまた次の会社を起業し、軌道に乗ったら売却する。これを繰り返して儲ける者のことである。

『でも彼は想像以上にビジネスの才能があった。これなら下手な回り道はしない方がいいかもしれないと思ってね』

「シリアルアントレプレナーは回り道だったのですか？」

『ああ。あくまで経営を学ばせるための踏み台にするつもりだった』

なるほど。確かに複数の企業を立ち上げから売却まで経験すれば、経営の技術はしっかり身につくだろう。

だが、それを回り道と表現するということは——。

琢磨が伊月に求めているのは、膨大な経営の知識を持つ人間というわけではなかった。

「貴方が、最終的に伊月さんへ求めているのは……」

『そう。——僕と同じだ』

この男が伊月をどんな人間にさせたいのか、その全貌が理解できた。

不可能ではないだろう。いや、むしろ——最適かもしれない。

間違いなく向いている。その分野なら伊月は大いに活躍できるはずだ。

『いい狙いだと思わないかい？』

琢磨は楽しそうに笑って言う。

「……ご自分の、分身を作るつもりですか？」

『ああ。理想的だろう？　もしこの世に僕の分身がいれば、僕は二倍の仕事を捌くことができる。僕の代ではできないと思っていたこともできるようになるかもしれない』

「伊月さんは貴方みたいにはなりませんよ」

『それも雛子に言われたなぁ』

くくく、と琢磨の笑い声が聞こえた。

『というわけで静音。今度の金曜日、伊月君を借りていいかな？』

「何をするつもりですか？」

不審に思う静音に、琢磨は告げた。

『社会見学』

◆

三日後の金曜日。

マネジメント・ゲーム中の金曜日は休日なので、俺は屋敷の自室で勉強しようと思っていた。しかし朝食を済ませた後、静音さんから執務室へ呼ばれる。

執務室には琢磨さんがいた。

琢磨さんは挨拶もそこそこに、俺に用事があると伝える。

その用事の内容は――。

「社会見学ですか？」

「そう」

琢磨さんは頷いた。

「これから仕事で株主総会に参加するから、君も来るんだ」

「……株主総会って、そんな簡単に参加できるものでしたっけ？　また何か変なツテを使ってません？」

「ははは、何を言ってるんだ。君は見習い司法書士で、これから研修のために株主総会へ参加するんだろう？　研修室が偶々会社とのパイプを持っていてよかったね」

やっぱり変なツテを使っているようだ。

遂に俺は琢磨さんのとんでも人脈まで利用してしまうわけか。……もし迷惑を被っている人がいたらごめんなさい。

「是非、参加させてください」

「そう言うと思ったよ」

まだまだ勉強が足りないと思っている俺に、この提案を断る理由なんてなかった。

「というわけで雛子。そろそろ睨むのをやめてもらっていいかな」

「……」

背後にいる雛子が、琢磨さんを真っ直ぐ睨んでいた。

念のため一緒に行くとのことだったので雛子と共に執務室に来たが、雛子は琢磨さんを見てから一言も発していない。代わりに突き刺すような鋭い視線を注ぎ続けている。

「……伊月に変なことしたら、承知しないから」

「そんなことしないよ。雛子じゃあるまいし」

「な……っ⁉」

「おや、本当に何かしたのかい？　その反応から察するに最近のことかな。昨日か、一昨日か……いや、三日前とみた」

「な、な、な……っ⁉」

琢磨さんは雛子の反応を窺いつつ予想を述べた。

雛子は顔を林檎のように赤く染めて、パクパクと口を動かす。

三日前の夜の風呂場でのことを思い出しているのだろうか。……俺も気まずい。

「ば、ば……馬鹿ぁ……っ‼」

機嫌を損ねた雛子が、部屋から出て行く。

雛子を心配して、静音さんも飛び出るように執務室を去った。

「さて、じゃあ行こうか」

「……はい」

そんな、何事もなかったかのように……。

……大丈夫だろうか。俺はこの人について行けるんだろうか。

そんな不安と共に、俺は屋敷を出た。

◆

「移動中、伊月君にはまず一般的な株主総会について知ってもらおう」

車に乗った琢磨さんは、そう言って俺にタブレットを手渡した。

タブレットの画面には、世界で一番有名な動画サイトが開かれている。検索フォームには「株主総会」の四文字が入力されていた。

「株主総会の動画って、ネットにも上がっているんですね」

「大きいところはね」

取り敢えず再生回数が多い動画を見てみる。

ちょっと車酔いしそうだが、音声だけでも充分内容が伝わってきたので、俺は画面から目を逸らしつつ、必要に応じてスキップしながら映像を確認した。

二十分後。

「……大体、確認できました」

「何か思ったことはあるかい？」

　タブレットを返す俺に、琢磨さんが訊いた。

「株主総会って、てっきりもっと議論が紛糾する会議みたいなイメージでしたけど、実際はそうじゃないというか……」

「うん。会議っていうよりは報告がメインだね。質疑応答もあるけど、基本的には意見がある株主に説明責任を果たす場という認識かな」

　映像で見た株主総会は、社長の一方的な発表が大部分を占めていた。

　質疑応答の際は株主の意見も飛び交っていたが、これからどうするかの話はなく、基本的に既に決まったことに対する意見のみだった。

　琢磨さんの言う通り、会議ではなく、報告とか発表の場という印象である。

「どの株主総会でも流れは大体同じだ。事業報告の後、定款の変更や余剰金の配当、取締役選任などの決を採り、それから質疑応答する。ここまでは理解したね？」

「はい」

「じゃあ今回の株主総会についてざっくり説明しよう」

　琢磨さんは続けて語る。

「今回、僕らが参加するのは太陽建設株式会社の株主総会だ。資本金は二百億、従業員は二千人。いわゆる中堅（ちゅうけん）ゼネコンだね。海洋土木の分野に強くて海外にも展開している」

太陽建設……聞き覚えのない会社だが、規模は小さくはなさそうだ。

「しかしこの会社は今、ある問題に直面している」

「ある問題？」

「詳細（しょうさい）は現地で説明しよう。今回の株主総会で、その問題について触（ふ）れられるから楽しみにしているといい」

琢磨さんが楽しそうに笑った。

なんだかろくなことにならない気がする。

しばらくすると車が大きなオフィスビルの前に停（と）まった。ここが会場らしい。慣れた様子の琢磨さんについて行き、ビルの中の貸し会議室へ向かう。

受付に向かうと、スーツを着た女性が俺の顔を見て会釈（えしゃく）した。

「研修生の方ですね。お話は伺（うかが）っています、こちらの名札をどうぞ」

「あ、ありがとうございます」

すみません。本当はただの学生なんです……。

そんな俺の隣では、琢磨さんが何か小さな用紙を受付に渡（わた）していた。

「琢磨さん、何を提出したんですか？」

「議決権行使書用紙。投票用紙みたいなものだよ」

知らない用語だった。……後で調べておこう。

会議室の中に入るとテーブルとパイプ椅子が綺麗に並べられていた。空いている席を見つけて琢磨さんと一緒に座る。

「えー、それでは第九十七回、定時株主総会を開会いたします」

定款によって議長を務めることになった太陽建設の社長が、開会の合図をする。

――定時株主総会。

企業が年に一度、必ず開催する株主総会だ。

まず進行方法の説明がされる。ざっくりまとめると、最初に会社側が事業戦略や決議事項について報告するらしい。

その後、質疑応答を行い、最後に採決して終わりとのことだ。

この流れはどこの株主総会でも大体同じなのだろう。車の中で見た映像もそうだった。

「それでは、太陽建設の成長戦略についてご説明いたします」

議長があらかじめ用意した動画を流す。

準備が凝っているが、お茶会同盟の皆とやった決算報告とやっていることは同じだ。違いがあるとすれば今回は株主のための報告なので、配当金の説明なども含まれている。

……こうして見ると、やっぱりマネジメント・ゲームって本格的なんだな。

売上高や営業利益など、見覚えのある用語が幾つも出てくる。

「続いて決議事項の説明です。第一号議案は、余剰金の配当の件で――」

動画が終わり、スクリーンにはスライドが映し出された。

決議事項とはつまり、これから決めなくちゃいけない事柄のことである。

一つ目は配当金について。前年度と比べて配当金は若干上がるらしい。株主としては嬉しいことなので、これに反対する者はいないだろう。

「第二号議案は、えー、取締役選任の件でございます」

議長を務める太陽建設の社長が、スライドを切り替えて説明する。

「本総会の終了と共に取締役全員の任期が満了いたします。そのため、新たな取締役の選任を皆様にお願いいたします」

現在の取締役の任期が終わるため、次の取締役を選ぶ必要があるということだ。

スライドには太陽建設が用意した取締役の候補者名がずらりと並んでいるが……。

(……なんか、緊張している?)

心なしか議長の表情が硬い。

そのまま監査役の先任や、役員報酬の議決事項についても説明される。

「続いて、第六号議案です。えー……ここからは株主提案となります」

会場が微かにどよめいた。

株主提案……？

車の中で見た映像では見た株主総会は、こんなに決議事項が多くなかった。

というか、映像ではなかった項目だ。

「こちらが、鈴木ファンド様が提案する取締役です」

スライドにまた複数の候補者の名前が表示される。

鈴木ファンドが提案する取締役？

太陽建設じゃなくて……？

「さて、じゃあ解説しよう。この資料を読みながら聞いてくれ」

琢磨さんが資料を俺に渡しながら言った。

「今回、揉めているのは取締役選任についてだ。対立しているのは二つの組織、太陽建設と鈴木ファンドだね」

鈴木ファンド。

先程、議長が口にしていた単語だ。

「太陽建設の株主である鈴木ファンドは、以前から太陽建設に対し、新規事業の立ち上げなど様々な改革を提案していた。しかし太陽建設はこの提案を拒否し続けてきた」

頷いて、俺は続きを促す。

「鈴木ファンドは諦めることなくＴＯＢの提案もしたが、この協議も進展しなかった。その後、痺れを切らした鈴木ファンドは、新たな役員候補を株主提案すると公表。その結果がこの決議事項だ」

「……つまり、太陽建設が挙げた取締役候補に鈴木ファンドが待ったをかけて、独自に用意した新たな候補者を選ばせようとしているってことですか？」

「その通り。鈴木ファンドと太陽建設が、役員のポストを奪い合っている状況だね」

車の中で見た、一般的な株主総会を思い出す。

普通は会社側が用意した取締役候補しか提示されない。株主たちは彼らが適任か不適任かを判断するのみだ。

だが今回は、鈴木ファンドが全く別の候補を提示している。

株主たちは両陣営の中から取締役を選ばねばならない。

「……え、これって、もし鈴木ファンドの候補者が過半数採用されたら、太陽建設はどうなるんですか？」

その問いに、琢磨さんは人の悪い笑みを浮かべる。

「どうなると思う？」

どうって……。

もしそうなったら、会社の意思決定機関である取締役会の過半数が鈴木ファンド側の人間になるわけだから、そうなると太陽建設は……。

「……会社が、乗っ取られる？」

「正解」

琢磨さんは細めた目で議長を見た。

議長は相変わらず顔色が悪く、冷や汗を垂らしている。――無理もない。会社が乗っ取られるかもしれないのだから、緊張するに決まっている。

「ちなみに投票はもう済んでいる。あとは結果が発表されるのを待つのみだ」

「……もしかして、さっき琢磨さんが受付で出していた用紙ですか？」

「そう。あのタイミングで株主は議決権を行使できるんだ。株主総会に参加しない人は郵送かネットで済ませているよ」

受付で琢磨さんが、これは投票用紙みたいなものだと言っていた意味が分かった。

「伊月君は、どちらが勝つと思う？」

その問いに、俺は少し考えてから答える。

「……太陽建設じゃないですか？」

「どうしてそう思ったんだい？」

「だって、いきなり外部の人間に取締役を任せるのって、不安ですし。他の株主もそう思うんじゃないでしょうか」

「うんうん、いいね」

　正解かそれに近い回答はできたらしい。琢磨さんは満足げに頷いた。

　鈴木ファンドがやっていることは単純だ。太陽建設を思い通りに改革したいから、自分たちが用意した役員たちに取締役をやらせろと主張している。

　俺にはこれが横暴に感じた。住之江さんにファンドを買収された時の感覚が蘇る。金にものを言わせて、無理矢理、相手を従わせようとするやり方だ。

「伊月君の言う通り、普通は株主提案の取締役が採用されるのは珍しいんだ。でも、それは鈴木ファンドも承知の上だろう」

　承知の上で、それでも提案しているということは……。

「……鈴木ファンドは、何か勝算があるってことですよね？」

　琢磨さんは頷いた。

「資料の十七ページを見るといい。鈴木ファンドが提案する候補者たちのプロフィールが書かれている」

言われた通り、俺は資料のページを捲った。

鈴木ファンド側の候補者たちのプロフィールを見て……俺は愕然とする。

「なんだこれ……大物ばかりじゃないですか」

「それが勝算だろうね」

日本人なら誰もが知る企業。その役員を片っ端から集めてきたような布陣だった。

こんな人たちを集められるなんて……鈴木ファンドって何者なんだ？

「えー、採決の結果が出ました。第二号議案では、取締役が七人可決されました」

議長が訥々と結果を発表する。

議長の冷や汗は……止まらない。

「第六号議案では、取締役が……八人可決されました」

会社側が七人に対し、株主側が八人。

つまり――。

「鈴木ファンドが、勝った……」

「他の株主たちも、鈴木ファンドの熱意を感じたんだろうね。ここまで真剣なら任せてみたいという気持ちが湧いたんだろう」

会場が一気に騒々しくなる。

周囲のざわめきを他所に、俺はこの状況を改めて冷静に捉えてみた。

「これって、もしかして……」

過半数の票を取得して、会社を乗っ取る。この流れには覚えがある。

そんな俺の気づきを見透かしたのか、琢磨さんは微かに笑う。

「そう。——買収だよ」

やっぱり、そうか。

難しい情報が錯綜していたが、やっていること自体はただの買収だ。

「今回の株主総会で伊月君も理解したと思うけど、会社の方針は基本的に株主たちの投票で決まるんだ。大体百株で一票となるから、保有比率によって影響力は変わるけどね」

百株持っている人は一票しか入れられないが、千株持っている人は十票も入れられるわけだ。会社へ出資した金額が高ければ高いほど影響力も強い。つまりリスクを背負った人間ほど強い発言権が与えられる。

そう考えると、ビジネスは平等だ。

この世界に理不尽は思ったよりも少ないのかもしれない。

「ＴＯＢもそうだけど、Ｍ＆Ａの最終的な目標はこの投票で勝つことなんだよ。相手企業の株の過半数を所持するということは、どんな投票でも絶対に勝てるってことだ」

確かに、過半数の票をあらかじめ確保していれば、どんな決議も思いのままだ。

M&Aって、そういう仕組みだったのか……。

ゲームの中では何度も触れてきた話題だが、リアルの流れは把握していなかった。

「マネジメント・ゲームの中だと、何が起きているか実感しにくいだろう？　ゲームでは株を過半数取得した時点で自動的に子会社化されるからね」

その通りだ。だから俺も、それ以上の勉強は不要だと思っていた。

実際はこういう場で会社の方針が切り替わるわけか。

「……でも、今回の買収は普通ではありませんよね？」

「ああ。異例中の異例だ。鈴木ファンドは太陽建設の株を三割しか保有していない。にも拘らず、他の株主たちに支持されて買収を成し遂げてみせたからね」

株のやり取りではない。

優れた改革案と、とんでもない人材を揃えることで、鈴木ファンドは太陽建設の頭を挿げ替えてみせた。

――こんな買収があるのか。

周りの株主たちが騒々しいのも、これが異例の事態だからだろう。

「では……これにて、定時株主総会を閉会いたします」

株主総会が終わった。

議長の顔が青褪めている。その姿には同情を禁じ得ない。

「これ、もしかして歴史的な瞬間ですか？」

「うーん、どうだろう。確実に報道はされると思うけど」

とんでもない現場に来てしまったようだ。

だが、それなら一つ疑問が残る。

「……なんで、琢磨さんはこうなることが分かってたんですか？」

琢磨さんは最初からこの結果を予想しているようだった。だからわざわざ俺をこの株主総会に呼んだのだろう。

そもそも琢磨さんは今回、どういった立場なんだ？

「順を追って説明しよう」

色んな疑念を抱く俺を、琢磨さんは楽しそうに見つめて言う。

「今回、伊月君に勉強してもらいたいことは三つあったんだ。……一つ目は、買収の仕組みを肌で感じてもらうこと。二つ目は、株主という存在をちゃんと意識することだ」

「株主を……？」

意図が分からず首を傾げる俺に、琢磨さんは頷いた。

「君には、データの裏を見る才能がある。それは薄々自覚しているだろう？」

確信があるような訊き方だった。

小さく首を縦に振る。取引先を見抜くことが得意なのはなんとなく自覚していたが、琢磨さんが言っているのはきっとこのことだ。

「だが、まだ足りない。その感覚はもっと拡張できる。……これからは経営者の顔だけじゃなくて、株主の顔も見てみるといい」

そう告げられた瞬間、俺の頭で何かが広がったような気がした。

議長を務めていた太陽建設の社長の顔。取締役選任の結果を知ってどよめいていた株主たちの顔。頭の中で、彼らがどんな反応をしていたのかを思い出す。

「感覚的な話だから今すぐに理解する必要はない。もっと勉強すれば、いずれ――」

「……いえ」

琢磨さんの言葉を遮るように、俺は首を横に振った。

「……大丈夫です。言っている意味、なんとなく分かります」

そう言うと、琢磨さんは目を丸くした。

だがすぐに唇で弧を描き――。

「やはり君を弟子にして正解だった」

満足そうに琢磨さんが頷く。

「じゃあ、最後の三つ目だ。これが君の質問に対する答えにもなるんだけど――」

「やあやあ、琢磨さん！　ここにいましたか！」

ビルのフロントに出たところで、背後から男性に声をかけられた。

確か株主総会で前の方に座っていた人だ。がたいがいいから覚えていた。イタリア製のスーツがよく似合っている、大物っぽい雰囲気の人である。

何者だろうか、と首を傾げる俺に、琢磨さんは説明する。

「紹介するよ。こちらは鈴木さん、鈴木ファンドの代表だ」

「だっ⁉」

代表⁉　の「だ」の段階で驚きすぎて叫んでしまった。

いきなりなんて大物を紹介するんだ……！

「と、友成伊月です。今日は株主総会を見学させていただきました」

「おお、君が友成君か！　琢磨さんから話は聞いてるよ、秘蔵っ子だとか」

秘蔵……されているだろうか？

まあ、こんな貴重な経験をさせてもらっているわけだし、否定はできない。

「あの、鈴木さんは琢磨さんとどういう関係なんですか？」

そう訊くと、鈴木さんは琢磨さんの方を見た。

答えていいか？　と視線で尋(たず)ねている。

琢磨さんは首を縦に振り、自らが答えを告げた。

「鈴木ファンドが提案した外部取締役。あれ、全員僕(ぼく)が紹介したんだよ」

「…………………………………………………………は？」

あの、大物ばかりの候補者を？

あの、最強の布陣を？

琢磨さんが一人で揃えた……？

「いやぁ、琢磨さんには大変お世話になりました。全部貴方のおかげですよ」

「ご謙遜(けんそん)を。鈴木さんの資金力、それと太陽建設への熱意があったからこそですよ」

「ははは、そう言っていただけるとありがたいです。……しかし、こちらが提案した候補者のうち二人が否決されてしまったのも事実。あわよくば全員可決してもらいたかったんですが、なかなか理想通りにはいかないものですな」

「否決された二人は貴方との距離が近すぎましたね。言ったでしょう、社外取締役は独立性が大事だって。助言会社にもそこを突かれていましたね」

「仰る通り。……あの二人もやる気があっただけに複雑です」

鈴木さんが残念そうな顔で言う。

どうやら今回の一件、本当に琢磨さんが裏で糸を引いていたようだ。

……だから、今回の株主総会の結果が予想できたのか。

琢磨さんがとんでもない人なのは知っていたが、俺は今日、初めてその仕事っぷりを目の当たりにしたかもしれない。

「ところで伊月君。もし君が太陽建設の社長なら、今回の件をどう対策した？」

「え……」

唐突に琢磨さんが出題した。

そんなこと、咄嗟に思いつかない。無茶振りだと思ったが……鈴木さんが興味深そうにこちらを見ていることに気づく。

その瞬間、俺は弱音を引っ込めて集中した。

――頭を回せ。

多分、今この時間は、とてつもなく貴重なものだ。前代未聞の株主総会を見学させてもらい、更にその立役者である二人が目の前にいて、俺の答えを聞いてくれる。

こんな貴重な状況、下手したらもう二度と味わえない。

少しでも多くのことを勉強させてもらうんだ。

「………黄金株の発行は、どうですか？」

「ほぉ」

捻り出した答えを告げると、鈴木さんが小さく声を漏らした。

黄金株とは、ざっくり説明すると強い権力を持った株式である。この株の保有者がいれば株主総会の決議をひっくり返すことも可能だ。だから太陽建設側に黄金株の保有者がいれば、今回の取締役選任の結果を変えることができたかもしれない。

「黄金株を発行するなら、その前にやらなくちゃいけないことがあるね」

琢磨さんがこちらを見て言う。

その試すような目に対し、俺は真っ直ぐ視線を返した。

「株式非公開化ですよね。太陽建設は東証プライムに上場していますが、東証は黄金株の発行を原則認めていないので」

黄金株はいわば伝家の宝刀と言っても過言ではない強い力を持つ。しかしその権力の強さは、会社法にある株主平等の原則を揺るがしかねないため、東証ではこの発行を基本的に禁止していた。……平たく言うと、黄金株を持つ人がいると他の株主たちが経営に参加しにくくなるため、不健全だと東証は判断しているのだ。

だから、黄金株を発行するなら株式非公開化……つまり非上場化して、一度東証の制約から解放されなければならない。

「ううむ、よく勉強しているな」

鈴木さんが感心した様子を見せる。

「琢磨さん、彼は貴皇学院の生徒なんですよね？　マネジメント・ゲームはここまで勉強できるものなんですか？」

「いや、これは彼が独自に勉強しているだけですね」

「なるほど。……あの琢磨さんの秘蔵っ子なだけありますね」

鈴木さんが面白いものを見るような目でこちらを見つめていた。

マネジメント・ゲームの先を見ていてよかった。ゲームで勝つことばかりに執着していると、こういう知識は手に入らなかっただろう。

「おっと、私はそろそろ時間ですので失礼します」

鈴木さんが腕時計で時刻を確認してそう言った。

「琢磨さん、また今度飲み会をセッティングしますよ！　勿論、私の奢りでね！」

「ありがとうございます」

琢磨さんがお辞儀する。

「伊月君も、またどこかで！」

「……また？」

思わず訊き返すと、鈴木さんはきょとんとした顔で俺を見た。

「それだけ勉強しているんだ。君もいずれこの世界に来るのだろう？」

一瞬、放心した。

しかしすぐに俺は、息を吸い――。

「――はい!!」

大きな声で返事をすると、鈴木さんは笑いながら去って行った。

その背中が見えなくなるまで、俺と琢磨さんは一歩も動かない。

「まだ、話の途中だったね」

鈴木さんが見えなくなった頃、琢磨さんが言った。

「伊月君に知ってほしかったものは三つある。一つは買収の空気感で、二つ目は株主の存在。そして三つ目は、僕の仕事だ」

琢磨さんの、仕事……？

そういえば琢磨さんの職業は何なのだろう。

「今回の件でなんとなく分かったと思うけど、僕の仕事は経営者をサポートすること。いわば経営者の右腕になることだ。企業の課題を明らかにし、解決策を示し、必要とあらばその実行もする」

実際、今回の株主総会では琢磨さんが人材を掻き集めたという。

少なくとも、ただアイデアを出すだけという簡単な仕事ではない。

「豊富な知識と経験が求められつつ、軽いフットワークも必須となる仕事だね。表舞台に出るのは珍しい黒子だけど、その自由度の高さと裁量の重さから、ビジネスを支配する黒幕にもなれる」

鈴木ファンドの裏で糸を引いていた琢磨さんは、紛れもなく黒幕のような立場だった。

黒子であり、黒幕。

経営者の右腕にして、ビジネスの支配者。

「人はこの仕事を――コンサルタントと呼ぶ」

そう言って琢磨さんは、真っ直ぐ俺を見据えた。

「伊月君。君が目指すべきものだよ」

◆

琢磨さんとの社会見学が終わり、此花家の屋敷（やしき）に帰ってきた後。

マネジメント・ゲームでの作業が一通り終わった俺は、自室で今日経験したことを振り返っていた。

気づけば外は暗くなっている。カーテンを閉めると、部屋の扉（とびら）がノックされた。

「失礼します」

静音さんが入ってくる。

「差し入れです」

「……ありがとうございます」

紅茶を淹（い）れてくれたようだ。

カップを傾（かたむ）けて一口飲むと、ハーブの香りが鼻孔（びこう）を抜（ぬ）けた。……ありがたい。頭を冷やして考えたい時は、甘（あま）いものよりスッキリしたものの方が気分に合う。

「静音さん。……俺、コンサルタントって向いてますか？」

「向いています」

間髪（かんはつ）をいれず肯定（こうてun）された。

そんなあっさり認められると思わなかったので、驚いてしまう。

「覚えていますか？　伊月さんは一度、お世話係を解任されそうになりましたね」

「……はい。一学期の最初の頃ですね」

雛子が造船会社の役員たちと会食した際、俺の影響でマナー違反をしてしまい、その責任を取るべくお世話係を解任されそうになった時のことだ。

「あの時、伊月さんがお世話係を続けられたのは、伊月さんの人脈が華厳様に評価されたからです。伊月さんの、人との縁を結ぶ力は確かなものでしょう」

「縁、ですか……」

「それに伊月さんは、マネジメント・ゲームでも色んな方々のM&Aを成功へ導いていると聞いています。それは紛れもなくコンサルタントの才能です」

天王寺さんの提携先を選んだ時のことだろうか。

そんな正面から才能があると認められるなんて思っていなかった俺は、照れ隠しのように苦笑した。

「どこでそんな話を聞いたんですか？」

「お嬢様が仰っていました。最近、伊月さんはクラスの女子によく声をかけられて鼻の下を伸ばしっぱなしだとか」

「誤解です」

悪い情報のついでに知ったようだ。

「あまりお嬢様を困らせてはいけませんよ？」

「……善処します」

最近はどちらかと言えば俺が困ることの方が増えてきたけど。この間の風呂(ふろ)での一件とか。……ちょっと少女漫画(まんが)の影響を受けすぎじゃないだろうか。

「コンサルタントを目指すことに抵抗(ていこう)があるのですか？」

「抵抗ってほどではありませんけど……俺は、てっきりＩＴ関係の道に進むものだと思っていましたから。動揺(どうよう)していると言いますか……」

「でしたらＩＴコンサルタントはどうでしょう？」

ＩＴコンサルタント？

「コンサルタントにも色んな種類がありますから。ＩＴ関連に強いコンサルタントを目指すという道もありますよ」

「……なるほど」

「まあ、伊月さんの視野の広さなら、もっと色んな分野で働けると思いますが」

静音さんは、俺がＩＴ専門のコンサルタントをやることに否定的なようだ。

分野をＩＴに絞った方が、将来のビジョンは見えやすいが……いや、それは俺が楽なだけか。ＩＴが比較的得意だからといって視野を広げない理由にはならない。

「琢磨さんはどんなコンサルタントなんですか？」

「いわゆる戦略コンサルタントですが、あの人は枠に囚われていないタイプですね」

参考にする相手としては難しそうだ。

しかし裏を返せば、枠に囚われないタイプのコンサルタントもあるわけか。

琢磨さんは俺がコンサルタントの道を選ぶことを確信しているようだったが、最終的に進路を決めるのは俺だ。まだＩＴ関係の道を突き進むという選択肢は残っている。

しかし、今日の出来事を思い出す。

株主総会が終わった後、俺は琢磨さんと鈴木さんの前で、太陽建設が生き残るための方法について自分なりの考えを述べた。

――通用した。

今まで必死に勉強して培ってきた知識が、あの二人にちゃんと通用した。

それが、とても嬉しかった。

俺が勉強してきたことは、コンサルタントの世界でも通用する。その手応えを確かに感じた今、俺はコンサルタントの世界に興味を抱いていた。

それに、琢磨さんはコンサルタントのことを経営者の右腕と言っていた。

経営者の右腕という立場なら、俺は……。

——雛子を支えられるかもしれない。

天王寺さんも、成香も、旭さんも、大正も。

俺が今まで世話になってきた人たちと、肩を並べて力になれるかもしれない。

それが俺にとっての、何よりのモチベーションになる気がした。

「これは決して、琢磨様の考えを支持するというわけではないのですが」

前置きして、静音さんは告げる。

「昔から、偶に思うことがあります。……私の家の会社も、優れたコンサルタントがいれば潰れなかったかもしれないと」

夏休みの最後に、静音さんは昔話をしてくれた。静音さんの実家は明治時代から続く服飾関係の会社で、上場していたとか。しかしバブルの崩壊と、その後の時流についていけずに経営破綻してしまったそうだ。

そうか——。

コンサルタントの役割は、経営者を支えること。

だから、もし俺がコンサルタントになったら——そういう会社を救えるわけだ。

……なんて魅力的なんだろう。

貴皇学院に入って、名家の令嬢である雛子たちが背負う重責を痛感した俺は、自分にできることなんて精々彼女たちの負担を軽減することくらいだと思っていた。何故なら俺には会社がない。資金がない。どれだけの理想を掲げようと、学院の外に出て一人の社会人になった時、俺には彼女たちを直接手助けするための後ろ盾がない。

でも、コンサルタントならそれができるわけだ。

俺が、俺自身の力だけで皆を助けられる。

それも多分、最短距離で……。

「……やります」

胸に灯った決意を、口にした。

「俺、コンサルタントを目指します」

二章◆経営者の右腕

翌日の土曜日。

俺は早朝からコンサルタントについて調べていた。

静音さんの言う通り、コンサルタントには色んな種類がある。クライアントの事業拡大に貢献する戦略コンサルタントや、会計業務を改善する会計コンサルタント、他にも事業再生や人事、ＩＴなど、コンサルタントが扱う分野は様々だ。

琢磨さんは戦略コンサルタントのようだが、俺の場合、既存の知識を活かしやすいＩＴコンサルタントから始めた方がいいと思う。

そんな簡単に目指せるものなのかは分からないが、それを確かめるためにあるのがマネジメント・ゲームだ。ビジネスのことを真剣に調べれば調べるほど、マネジメント・ゲームの実用性の高さに感動してしまう。

このゲームは俺に、未来の可能性を示してくれる。

（もうちょっと、頑張りたいところだが……）

時計を見ると、そろそろ正午になる頃だった。

「……よし。今日はこれで終わり！」

半ば自分に言い聞かせるように独り言を発した俺は、ノートパソコンを閉じる。

天王寺さんに根を詰めすぎと指摘されて以来、土曜日の午後以降はなるべく休みに徹すると決めていた。

また天王寺さんに、心配かけちゃ申し訳ないしな……。

天王寺さんも心にゆとりができてから成績が上がったと言っていたし、俺もその言葉を信じて無理せず頑張っていこう。

（……雛子に差し入れでもしに行くか）

そろそろ昼食なので、飲み物くらいが丁度いいだろう。

キッチンに寄って紅茶を淹れてから、俺は雛子の部屋を訪ねた。

「雛子、いるか？」

扉をノックすると「んー」と気怠げな返事が聞こえた。

部屋に入ると、雛子は椅子の背もたれに首を預け、天井を仰ぎ見ていた。

「つーかーれーたー……」

「お疲れ様。紅茶淹れてきたぞ」

カップを雛子の机に置く。

雛子もマネジメント・ゲームで何かしていたらしい。パソコンの画面では、此花グループのAI従業員が目まぐるしく動き回っていた。

「……あ、これ美味しい」

紅茶を一口飲んだ雛子が小さな声で言う。

「ほんとか？　天王寺さんにオススメされたやつなんだけど……」

「……やっぱりマズい」

「え⁉」

なんで⁉

「冗談。……美味しい」

「そ、そうか。よかった……」

茶葉の抽出時間からカップの温度まで、きっちり計った甲斐があった。

「どんな茶葉でも……伊月が淹れてくれたなら、全部美味しい。……どんな茶葉でも」

「雛子……」

とても美味しそうに紅茶を飲む雛子に、俺は感激した。

茶葉についての指摘が多いのは気になるが。……最近、雛子も天王寺さんのことをライバルのように見ていることがあるし、その延長線だろうか。

「伊月、今日はもう休憩？」

「ああ。まあ夕食の後に、授業の予習復習だけはやっておくつもりだけど」

日曜日にもやるつもりなので、さわりだけ触れておくつもりだ。

「伊月……最近、いい感じ」

「そうか？」

「ん。なんか、ゆったりしてる」

余裕があるということだろうか。

そういえば、マネジメント・ゲームが始まったばかりの頃は何度も雛子に紅茶を淹れてもらった。雛子自身がそうしたかったみたいなので任せていたが、あの時期に俺が雛子に紅茶を淹れたことはほとんどない。……自覚してなかったが、あの時の俺は周りを見る余裕がなかったのだろう。

「私も、そんな伊月を見習って、今日は勉強終わりー……」

「……雛子の場合は、ゆったりって言うか、だらーって感じだけどな」

パソコンを閉じ、そのまま机に突っ伏す雛子に俺は苦笑する。

こうして見ると……案外、雛子はこの怠惰な性格があるからこそ、かつての俺や天王寺さんのように根を詰めずに済んでいるのかもしれない。

「肩でも揉んでやろうか？」

「……お願い」

上体を起こした雛子の肩に触れ、揉み始める。

（い、意外と、凝ってる……っ）

口に出したら気にされるかもしれないので黙っていたが、雛子の肩は思ったよりも硬くなっていた。見た目は華奢な少女だが、やはり此花グループのご令嬢。この双肩には俺如きでは想像もつかないほどの重責がのし掛かっているのだろう。

「んあぁ～……」

首の方も揉んでやると、雛子が気持ちよさそうな声を漏らす。

せめて今ばかりは思いっきり寛いでくれ。

「伊月……昨日は悩んでたみたいだけど、もう大丈夫？」

雛子が前を向いたまま尋ねる。

「ああ。俺はコンサルタントを目指すことにした」

「そっか。……伊月がどんなふうになるのか、楽しみ」

雛子はふにゃけた顔でそう言った。

その期待に応えられるよう頑張ろう。

「肩、こんな感じでどうだ？」

「ん……軽くなった。お礼に次は、私が揉む」

一通り肩を揉んでやると、今度は雛子が俺の背に回った。

椅子に腰を下ろすと、両肩の上に雛子の細い指が乗る。

（あ……結構、気持ちいい）

今日はまだそんなに勉強していないはずだが、昨晩からの疲れがまだ残っていたのだろうか。昨日は静音さんと話した後もコンサルタントについて調べていたので、少し夜更かししてしまったのだ。

「……」

ふと、肩を揉んでいた雛子の手が止まる。

同時に後頭部の辺りに違和感を覚えた。

……何してるんだ？

さり気なく視線を横に移し、窓ガラスを見た。雛子は気づいていないが、ガラスの反射でこちらから背後にいる雛子の姿が見える。

雛子はどこか惚けた様子で、俺の頭にそっと顔を近づけていた。

そして……くんくん、と臭いを嗅ぐ。

「……雛子？」

「っ」

雛子が慌てて俺の頭から顔を離した。

「な、な、何……？」

「いや、今……」

「な、何も、してないから……っ！」

雛子は顔を真っ赤にして首を横に振る。

よほど焦っているのか、その顔は汗ばんでいた。

（……後で髪、洗っとくか）

寝汗でもかいてたかな。

体臭のケアもマナーのうちだ。

◆

午後一時。屋敷の食堂で雛子と昼食をとった俺は、厨房で皿を洗っていた。

「へ～。アンタ今、そんなことやってるのね」

隣で一緒に皿を洗う百合が、俺の話を聞いて相槌を打つ。

この日、百合は此花家のキッチンスタッフとして働いていた。夏休み以降、百合は休日になるとここでバイトしている。

「でも正直、実績が全然足りないのにコンサルなんて務まるのか不安なんだよな」

「まあ、コンサルタントって信用第一の商売って感じがするもんね」

洗った皿を百合に渡すと、百合が慣れた動作で水滴を拭いて棚に仕舞う。

「ていうか、自然と手伝ってもらってるけど、別にゆっくりしてていいわよ。皿洗いも含めて私の仕事なんだから」

「今は暇だからこのくらい手伝わせてくれ。静音さんからもちゃんと許可を貰ったから」

「……まあ、いいけど」

子供の頃から積極的に家事をしていたので、俺にとってはこれが程よい息抜きになっていた。掃除とか皿洗いとかは、成果がすぐ目に見えて現れるのでやり甲斐がある。

「そういえば、うちの店、最近ちょっとだけ売上が落ち込んでいるのよね」

「……そうなのか？」

「うん。まあ元々結構稼いでいるから、あんまり気にしてはないんだけど。こういうのもコンサルタントに頼めば解決してくれるのかしらね」

流石、老若男女に好まれる大衆食堂ひらまる。売上が多少落ちても気にしないタフなメンタルを持っている。

とはいえ、ひらまるは俺も昔から世話になっている馴染みのある店だ。

他人事とは思えず、売上が落ちた理由を考えてみる。

「……ひらまるの売上のメインって、定食系のメニューだよな？」

「そうね。特に出数が多いのは日替わり定食かしら」

「俺も夏休みに知ったんだけど、駅前に弁当屋が増えたよな？　あの店と競合が起きているんじゃないか？」

「……お弁当と定食って、そんなに競合するかしら？」

「ターゲットは近いと思うぞ。あと、向こうはチェーン店だから原価率も安いし」

仕事帰りのサラリーマンというパイを奪い合っているような気がする。

向こうは惣菜も売っており、柔軟に値引きができるのが魅力だ。夜遅くまで働いたサラリーマンにとって、値引きされた惣菜は買いやすい。

「向こうは安さが売りだから、クオリティで勝負したら差別化できるかもな。ひらまるの日替わり定食ってワンコインで食べられるのが魅力だけど、たとえば百円高くして、代わりにもっといい食材を使うとか……」

「なるほど……」

仕入れ先の調整などからやらなくちゃいけないかもしれない。

ひらまるの日替わり定食も今のところ安さが売りだが、チェーン店との価格競争という泥沼に入るくらいなら、クオリティを磨いた方がいい。ひらまるの料理は純粋に美味しい。だからそういう戦い方でも勝算は充分ある。

「できてるじゃない」

「え？」

「今の、コンサルタントの仕事なんじゃないの？」

あまりにも当然のように言われたから、俺は一瞬、思考が停止した。

「……そうか。これもコンサルタントか」

難しく考えすぎていたのかもしれない。

コンサルタントの仕事とは、基本的に経営者の相談役だという。それってつまり、俺が今までやってきたことと案外変わらないのではないだろうか。

最近、クラスでも色んな人に相談されることが多い。あれがそもそもコンサルタントの仕事なのだ。

勿論、勉強はまだ足りないが……別に不安を感じる必要はないのか。

「相談に乗ってくれたお礼に、これあげる」

そう言って百合は俺に、冷たいカップを渡した。

「……これは？」

「試作品のデザート。ところてんアイスよ」

なんだその組み合わせ。

カップの中では、ところてんの上にアイスが載っていた。

スプーンでアイスとところてんを取り、恐る恐る口に入れてみると……。

「うまっ⁉」

「よーし、アンタがそう言ってくれるなら成功ね！」

アイスは濃厚な生キャラメルを使っているらしく、あっさりした味のところてんと絶妙に噛み合っていた。アイスが最初から柔らかかったのも工夫した点だろう。溶け出したアイスがところてんによく絡んでいる。

「これ、うちのメニューに追加しよっと」

「それはいいと思うけど、俺の感想で決めて大丈夫なのか？」

「はあ？　誰がアンタの舌を育ててきたと思ってんのよ」

……確かに。

伊達に子供の頃から百合の試作品を食べ続けてきたわけではない。

「ちょっと、ひな……此花さんを呼んできていいか？　折角だから食べてもらおう」

「え、それはまあいいけど……」

普段、屋敷にいる時は「雛子」と呼んでいるので、うっかり百合の前でもそう呼んでしまいそうになった。

食堂でのんびりしている雛子を呼んできて、ところてんアイスを食べてもらおう。

「あ、伊月さん」

食堂に向かう途中、静音さんに声をかけられる。

「休憩中のところ、すみません。クリーニングに出した衣服が帰ってきたので、運んでもらってもいいですか？」

「分かりました」

静音さんも、俺が気分転換に好んで家事をしていることを知っていた。

どうせすぐ部屋に帰ってもやることはないし、今日は屋敷の仕事を思いっきり手伝わせてもらおう。高い給料を貰っているんだ、そのくらい役に立ちたい。

「雛子。今、百合がデザートを作ってて――」

　食堂にいる雛子に声をかけた俺は、静音さんの手伝いに向かった。

　美味しいデザートがあると聞いて、雛子は厨房の方へ向かった。

　そこには伊月の幼馴染み、平野百合がいた。

「えっと……友成君に呼ばれて、来たのですが……」

「あ、うん……」

　お互い、ぎこちなく会釈する。

「……」

「……」

　どちらも口を閉ざしたまま、一分が経過した。

（き、気まずい…………）

　雛子は唇をもにゅもにゅと動かしながら床を見つめる。

　この気まずい沈黙には理由があった。

　夏休みの最後……雛子は生まれて初めて恋というものを知った。それを教えてくれたのは目の前の少女、百合だった。

しかし百合は最後に、雛子に恋のライバル宣言をしたのだ。

……私たちは、同じ人に恋している。

その事実を悟ってから、実は雛子と百合はお互い二人きりで会うことを避けていた。少女漫画の貸し借りはいつも静音を仲介していたので問題なかったが、改めて向かい合うとどうしても緊張してしまう。

「……調子は、どうなの？」

百合が小さな声で訊いた。

調子とは、勿論――伊月との恋愛についてだろう。

どう答える……？

虚勢を張るか。それとも正直に「進展なし」と伝えるか。

雛子は、親から授かった超高性能な頭脳を、全力で回転させ――――。

「……そ、それはもう、ばっちりですよ」

虚勢を張ることにした。

「へ、へ～。そうなんだ。ふ～ん、そう……？」

百合は全然気にしていないような態度を取ってみせる。

多分、虚勢だが……自分も虚勢なので指摘できない。

不毛な時が流れた。

「……具体的に、何をしたのよ？」

「えっ」

百合の問いに、雛子は一瞬答えに詰まる。

咄嗟に、最近の出来事を語り出した。

「そ、そうですね。この間は、お借りした漫画を参考にして一緒にお風呂に——」

「——ちょっと待って」

百合が顔を引き攣らせる。

「ま、漫画でやってたことを、そのまま現実でもやったの……？」

「？　ええ、そうですが……何か？」

少女漫画は雛子にとって恋愛の教科書だった。

教科書を参考にして、何がおかしいのだろう？

そう思う雛子に、百合は複雑な面持ちで告げる。

「あ、あのね、此花さん。漫画は現実と違うから、その……現実で漫画みたいなことをやっちゃったら、ちょっと過激だと思うわよ」

「…………………………はい？」

「いや、確かに勉強用に渡したつもりだけど、あれはあくまでフィクションとして楽しむものだから……ああいうのを素でやっちゃうと、逆に引かれるんじゃないかしら」

「――っ」

雛子は絶句した。

ひょっとしたら自分は、とんでもない思い違いをしていたのかもしれない。

「で、では、たとえばですよ？　たとえば、今回お借りした漫画にあったように、水着で密着しながらさり気なく肌を露出するといった行為は、現実では……」

「……そんなの現実でやったら痴女でしょ」

「ちっ⁉」

雛子が顔を引き攣らせた。

「……え？　まさか、本当にそれをやったの？」

「や、やってません。そんなことやっていません」

「いやいやいや……その感じ、絶対やってるじゃない」

「やっていません。誓ってやっていません」

雛子は顔を真っ赤にしながら頑なに否定した。

絶対やってるやつじゃん。とでも言いたげな百合の視線が雛子に突き刺さる。

(私……もしかして、伊月に引かれてた……?)

風呂場での一件を思い出す。

あの時、伊月の反応がおかしかったのはそういうことか……。

どうやら自分は、一般的な男女の駆け引きとは程遠いことをしてしまったらしい。

「ひ、平野さんはどうなのですか?」

とにかく話題を変えたかった雛子は、百合の話を聞くことにする。

「……私の方は、別に何もないわよ」

「あ……そうだったのですね」

なんとも言えない表情で雛子は百合を見た。

「うっ、そんな目で見ないでよ。大体、元はと言えばアンタのせいで私と伊月は離ればなれになったんじゃない」

「………それについては、本当にすみませんでした」

「あーーー! 冗談! 冗談だから、そんなに落ち込まないでよ!」

わりと本気で申し訳なさそうにする雛子に、百合は慌てた。

「今はほら、こうして此花さんの家でバイトもさせてもらってるし、むしろ貴重な経験ができてありがたいわよ」

「ですが……私のやってることは、まるで漫画の悪役みたいで……」

「さっきも言ったでしょ。漫画と現実は別。私は別に、此花さんのこと恨んでないわよ」

百合は本心からそう言っているようだった。

優しいというより、強い心の持ち主だと雛子は思った。人のせいにせず、何事もポジティブに捉える。だから百合は誰かを恨まない。他人のせいにするくらいなら自分の至らなさを責める性格だ。

「これ、よかったら食べてみて」

百合がカップを雛子に渡す。

そういえば本来の目的はデザートの試食だった。カップを受け取った雛子は、一瞬その中身が謎の組み合わせだったので首を傾げたが、いざ食べてみると……。

「……美味しいです。珍しい食感で」

「そ。……ふふ、我ながらいいものを作ったわね」

口元を隠しながら美味しそうに食べる雛子に、百合は嬉しそうにする。

二人はそのまま顔を見合わせ――どちらからともなく笑い出した。

「は～……やめやめ。顔を合わせる度にこんな空気になっちゃ、たまんないわよ」

「そうですね」

雛子も同感だった。

「多分さ。同じ人を好きになるって、そんなに珍しいことじゃないと思うのよ」

背筋を伸ばしてストレッチしながら、百合は言う。

言われてみればそうかもしれない。自分が魅力的だと思っている相手は、当然、他の人にとっても魅力的に違いないのだから。

「だから、その、私たちも普通でいいわよね」

「……はい。私も、今まで通り平野さんと仲良くしたいです」

自分たちの関係は、別に少女漫画みたいにドラマチックにする必要はないし、シリアスに考える必要もない。ここには悪役なんていないし、主人公だっていない。

今まで通りでいいのだ。

今まで通り、普通で――。

「……ふふ」

「どうしたのよ？」

思わず笑みを零してしまった雛子は「いえ」と首を横に振った。

物心つく頃から此花グループの令嬢として生きてきた。平穏な人生を送る人たちを横目に見ながら、自分はこれからも不自由な人生を歩み続けるものだと思っていた。

でも、恋は違う。

恋している時の自分は、ただの凡人で……。

たとえどれだけ完璧なお嬢様を演じようとしても、こればかりは全然装えなくて……。

「私……今、普通なんですね」

そう呟く雛子に、百合は首を傾げた。

「平野さんも、隣で一緒に食べませんか？」

「あ、うん。そうするわね」

雛子は隣の椅子を軽く叩き、そこに座るよう促した。

隣で腰を下ろした百合は、ほんの少し表情が硬くなる。

「どうしました？」

「いや、なんていうか……此花さんって綺麗だから、隣にいると少し緊張しちゃって」

「あら、私も緊張していますよ。平野さんは素敵な人ですから」

「ちょ……アンタ、そういう冗談言える人なのね……」

冗談ではないが。……これ以上、緊張させると可哀想なので黙っておこう。

いっそ――彼女には、自分の本性を伝えてもいいかもしれない。

きっと彼女なら、事情を知った上で協力してくれる。此花雛子の自堕落な本性を、普通の一面として迎え入れてくれるに違いない。

そう思ったが……やっぱりやめた。

この秘密は、伊月と二人きりで共有したい。

ちょっと卑怯な考えかもしれないが、このくらいは許してほしいと雛子は思った。

伊月の幼馴染みで、心が強くて、自分の知らないことをたくさん知っている少女……平野百合。

此花雛子は、そんな彼女に嫉妬することが多いのだ。

◆

月曜日。

マネジメント・ゲーム――残り二週間。

後半戦を迎えた今、教室では今まで以上に生徒同士の議論が活発化されていた。業務提携やM&A、或いは俺と住之江さんがやったような競合同士の棲み分けに関する話し合いなど。緊張した面持ちで議論を交わす生徒もちらほらいる。

この時期になると皆(みな)、ゲームの締(し)め括(くく)り方を考えていた。時価総額をできるだけ伸(の)ばそうとする者もいれば、自社のブランドを最後まで守り通そうとする者、策略が上手(うま)くいかなかったので少しでもダメージを減らそうと事業再生に努める者など、色々いる。

そんな中——俺は新たな事業を始めるという珍しい部類に入っていた。

「……さて」

今日はいつものお茶会だ。

今回のお茶会で、俺はコンサルタントを目指すことを皆に伝えるつもりである。

「悪い、友成！　打ち合わせがあるから少しお茶会に遅(おく)れる！」

「ごめん、友成君！　アタシもちょっとだけ遅れるね！」

大正(たいしょう)と旭(あさひ)は少し用事があるらしく、俺に断りを入れてきた。

（雛子も……遅れそうだな）

教室の中心でクラスメイトの相談に乗っている雛子を見る。他クラスの生徒も雛子に相談事があるのか、雛子の前には長蛇(ちょうだ)の列ができていた。

雛子の方を見ていると目が合い、静かに頭を下げられる。

先に行ってほしいというメッセージを受け取った俺は、一人でカフェに向かった。

「……お」

カフェに向かうと、そこには美しい金髪縦ロールの少女、天王寺さんがいた。

成香もまだ来ていないようだ。

天王寺さんは一人で何やら本を読んでいる。

（勉強してるのか。……天王寺さんも忙しそうだな）

ふむ、なるほど、そんなことが……と、ブツブツ呟きながら天王寺さんは本のページを捲った。非常に集中しているようなので声をかけず、そっと椅子を引く。

しかしその最中、俺は天王寺さんが読んでいる本の表紙を見てしまう。


——猿でも分かる男女の駆け引き！


……天王寺さん？

学院のカフェで、何を読んでいるんだ……？

「……あの、天王寺さん」

「っ!?」

思わず声をかけると、天王寺さんは勢いよく本を閉じた。

「今、読んでたのって……」

「かかか、勘違いしてはいけませんわよ！　これは、此花雛子が勉強していると言っていましたから、わたくしも興味を持っただけで……っ!!」

わたわたと慌てながら天王寺さんは首を横に振った。

「まあ、そんなことだろうなと思ったけど」

周りに他の生徒がいなかったので、俺は敬語を抜いて言う。

「……ちょっとくらいは勘違いしてもいいんですわよ？」

天王寺さんは何故か唇を尖らせた。

勘違い……ということは、天王寺さんは恋愛に興味があるのだろうか？

天王寺さんは以前、縁談の話が出ていた。紆余曲折あって縁談は中止になったが、それを機に恋愛について真剣に考えるようになったのかもしれない。

「……天王寺さんって、どんな人が好みなんだ？」

「こ、好み、ですのっ⁉」

「あ、いや、別に答えたくないならいいんだけど……」

思ったよりも驚かれたので、俺はやんわりと他の話題に変えてもいいと伝えた。

しかし天王寺さんは、頬を赤らめながらも答えてくれる。

「そ、そうですわね！　やはり天王寺家に相応しい相手じゃないといけませんわね！　礼儀作法は勿論、強かで、心が清らかで、多くの人を動かせる器の持ち主で――」

「それは……また難しそうな条件だな」

「はっ⁉」

苦笑いすると、天王寺さんは我に返ったように目を見開いた。

「ち、違いますわ。今のは、その、あくまで家にとって好ましい条件というだけで……」

先程の条件は天王寺さんの主観ではなかったらしい。

天王寺さんは慌てて首を横に振った。多分、咄嗟にでてきたのが自分のことではなく家にとって好ましい条件だったのだろう。

俺が変な質問をしてしまったせいだ。申し訳ない。

「わたくしの好みは、その……真面目で、優しくて、たとえ今は完璧じゃなくても常に向上心を持っていて……わたくしがどれだけ弱っていても、隣に立ってくれる方ですわ」

先程よりも更に頬を赤く染めて、チラチラとこちらを見ながら天王寺さんは言った。

縁談を持ちかけられたばかりの頃なら、きっと最初の条件しか答えなかっただろう。でも、家のためではなく自分自身のためという視点を持った今の天王寺さんは違う。

「……ちゃんと考えているんだな」

天王寺さんが自分自身の気持ちと向き合えていることを知って、俺はなんだか感傷的な気持ちになった。

しかし——。

「……」

あれ、なんで睨まれているのだろう……？

ここはお互い、感傷に浸るところじゃないのか。

「……そういう伊月さんは、どうですの？」

「俺？」

天王寺さんは真っ直ぐ俺の目を見た。

「わたくしのお父様が貴方に言ったこと、覚えていますの？」

「そ、それは……」

勿論、覚えているが……。

「うちに婿入りしないか。……この質問の答え、そういえばまだ聞いていませんわね」

試験が終わった後、雛子と一緒に天王寺さんの家を訪問した時のことだ。

縁談を断りたかった天王寺さんの本心を引き出したからか、俺は天王寺さんの父親に気に入られて、そんなことを言われた。

「あ、あれは、その場のノリで言われただけだろ……？」

「……本当にそう思うんですの？」

上目遣いで見つめられ、俺は「うっ」と言葉に詰まった。

肯定すれば、きっと浅薄な人間だと思われてしまう。

でも、だからと言って否定したら……俺はどう答えればいいんだ。

天王寺さんがあまりにも真っ直ぐ見つめてくるので、緊張して何も考えられない。

ひたすら困っていると――スマートフォンの振動する音が響いた。

「わ、わたくしですわ」

テーブルに置かれていたスマートフォンを、天王寺さんが手に取る。

「……あら、住之江さんからですわね」

電話ではなくアプリでメッセージが届いたらしい。

返事をする天王寺さんに俺は尋ねる。

「住之江さんとはあれから連絡を取っているのか？」

「ええ。……伊月さんに負けたのがよほど堪えたのか、最近は更に努力して業績を伸ばしているみたいですわよ」

どうやら二人の蟠りは完全に解消したらしい。

住之江さんの会社であるＳＩＳの業績が伸びているのは俺も知っていた。

恐らく住之江さんは、俺と争っていた時ではなく、今こそ本調子なのだろう。やるべきことを見据え、貪欲に成長を続けていく今の住之江さんと競い合ったら、今度こそ俺は負けるかもしれない。

「お待たせ、二人とも～！」

遠くから旭さんの声が聞こえた。その後ろには雛子や大正、成香もいる。

天王寺さんはさり気なく読んでいた本を鞄に隠した。

お茶会の始まりだ。……さっきの会話があれ以上続かなくてよかった。

◆

基本的にお茶会の内容は、現状の共有と課題の相談である。

しかしゲームが後半に入った今、各々が方向性を固定しつつあるので、共有するべき現状が少なくなっていた。加えてここにいるメンバーは皆優秀なので、大抵の課題は一人で難なくクリアしてしまう。

というわけで……。

「相変わらず、全員順調そうで何よりですわ」

天王寺さんの言う通り、全員順調という現状が共有された。

全員、業績は伸びているし、はっきりとした課題にぶつかっているわけではない。

ただし……それは俺以外の話である。

「優秀過ぎる同盟というのも考え物ですわね。これでは話題が――」

「すみません。伝えたいことがあります」

挙手して、皆の視線を集める。

話題がなくて暇そうなので、丁度いいだろう。

「実は、コンサルタントを始めようと思っています」

全員が目を丸くするが、俺は臆せず続けた。

「色々あって決めたことです。俺は、今あるトモナリギフトという会社を手放し、新たにコンサルタント会社を作ります」

「……残り二週間ですわよ？　数字を出すのは厳しい気もしますが」

天王寺さんの忠告は正しい。

でも……。

「それでも、これが一番、俺自身の将来に活きると思いました」

マネジメント・ゲームの、その先を見据えた上で、俺はこの決断をした。

俺は別に、ゲームで勝つためだけにコンサルタントになりたいわけではない。将来コンサルタントになるために、ここで経験を積んでおきたいのだ。

そんな俺の決意に、旭さんと大正が首を縦に振る。

「アタシは賛成かな！　友成君、向いてると思うし！」

「俺も賛成だ。前から思ってたけど、友成ってなんか相談しやすいし」

相談しやすいというのは、コンサルタントを目指すなら紛れもない長所だ。

二人も静音さんと同じように、俺はコンサルタントに向いていると思ってくれている。

「わ、わたくしも勿論賛成ですわよ！　ただ、生徒会を目指すなら、もしかすると不利な選択かもしれないと思いまして……」

なるほど、天王寺さんはそこを心配してくれたわけか。

しかし俺もそれについては考えていたので、首を横に振った。

「現状、俺は此花さんや天王寺さんと比べるとやっぱり成績が劣ると思います。それに成香のような家柄や一芸もありません。……住之江さんの件があったとはいえ、今の俺が保守的になったところで生徒会に選ばれるとは思えないんです」

「……だから、攻めるんですの？」

「はい。もう一つ、弾を仕込んでおいて損はないかと」

学業も家柄も大したことのない俺が、住之江さんの買収を退けただけで一気に生徒たちの信頼を勝ち取れるとは思わない。だから、もう一跳ねする必要があると思った。

二度だ。俺はマネジメント・ゲームで二度打ち上がってみせる。

そうすれば皆、思うだろう。これはマグレではなく実力なんだと――。

「……らしくない指摘をしてしまいましたわね」

天王寺さんは不敵に笑う。

「成果を挙げた直後に、なお一歩切り込むというその姿勢……称賛に値しますわ！　友成さんの更なる飛躍、期待していますわよ！」

心からの声援に俺は「ありがとうございます」と頭を下げた。

「私も賛成します」

そして雛子も、改めて皆の前でも賛成してくれる。

「思えば、ここにいるメンバーを集めたのは友成君です。……コンサルタントは人脈が大事な仕事だと聞きますから、友成君は元々この道が向いていたのかもしれませんね」

最初にこのメンバーで集まったのは確か、俺が入学したばかりの頃だ。大正と旭さんの誘いを断り続けることに抵抗を感じ、放課後を一緒に過ごすことになって、そこで折角だから天王寺さんと成香も誘ったのだ。

あの時のことをまだ覚えてくれているのか。……なんというか、ありがたいことだ。

最後に、成香が俺を見て告げる。

「私も賛成だ。その上で……頼む！　私の話を聞いてくれないか！」

成香は両手を合わせて頭を下げた。

話とは、何だろう……？

「実は、私の会社で通販サイトを作ろうと思っているんだ」

「通販サイト？」

訊き返す俺に、成香は頷く。

「自分の会社で、スポーツ用品専門の通販サイトを作りたいんだ。ただ、これを作るためのノウハウがないから伊月に相談しようと思っていたんだが……伊月がコンサルタントになるというなら、正式に依頼をさせてほしい」

つまり成香は俺に、通販という新規事業のコンサルを依頼したいらしい。

——悪くない話だ。

成香の会社であるシマックスは業界最大手だ。この企業のコンサルを成功させれば、分かりやすい実績を得ることができる。それに通販サイトなら実際に俺も運営していたことがあるためやりやすい。

でも……大丈夫か？

そんな大企業をいきなり俺が担当しても、失敗しないだろうか？

（……いや）

降ってきたチャンスに遠慮している余裕なんて俺にはない。

誰に追いつこうとしているのかよく思い出せ。旭さん、大正、成香、天王寺さん、そして雛子。――こういうチャンスを次々とものにしていかないと追いつける相手ではない。

「成香。是非やらせてくれ」

「あ、ああ！　助かる！」

というわけで、俺の一人目の顧客は成香の会社――株式会社シマックスになった。

◆

放課後。屋敷に戻った俺は早速、やるべきことをこなしていた。

『友成君。最後にもう一度だけ確認させてください』

スマートフォンのスピーカーから、ウェディング・ニーズの社長である生野の声が聞こえる。その声は固く、電話越しでも緊迫した空気が伝わってた。

『本当に、いいんですね？』

「……はい。お願いします」

後戻りできない決断だった。

生野からの最後の確認に、俺は頷く。

『分かりました。では——トモナリギフトは今後、僕が責任をもって経営します』

重要な決断が一つ済んだ。

トモナリギフトの事業承継。——俺はそれを、自身の所有する株を全て生野に売却するという形で終わらせた。

「約束通り、上場を狙っていただけるとありがたいです」

『勿論。友成君には僕も支えられましたから、尽力するつもりです』

トモナリギフトを承継させるにあたり、俺は生野に二つの頼み事をしていた。

一つ目、トモナリギフトはあくまでウェディング・ニーズに吸収させず、独立した会社として経営を続けてもらうこと。

二つ目、その上でトモナリギフトを——スタンダード市場へ上場させること。

業務提携の段階で擦り合わせは済んでいたが、俺と生野のビジネスに対する視点は限りなく近かった。そんな生野だからこそ、俺はトモナリギフトを任せられると判断した。

加えて、ウェディング・ニーズは東証プライムに上場している企業なので、生野には上場からその後の経営まで成し遂げる手腕がある。念のため上場するための戦略について尋ねたが、ウェディング・ニーズで開拓したブライダル市場と組み合わせれば増収する策が幾つかあるらしい。それを聞いて、俺は改めて生野に後を任せるべきだと決断した。

経験を積むためにも本当は俺がやるべきことかもしれないが、流石に上場とコンサルタント業務の両立は、今の俺のキャパシティでは無理だ。

（……ちょっと寂しいな）

手塩にかけて育てた会社が、自分のもとを離れるのはなかなか寂しいことだった。

さらば、トモナリギフト。

これからは生野の手で空高く羽ばたいてくれ。

「さて……次だ」

しんみりとしている暇はない。

生野との通話を終えた俺は、すぐに成香へ電話する。

成香はすぐに電話に出てくれた。

「成香。今、大丈夫か？」

『ああ、大丈夫だぞ』

片手でパソコンを操作しながら、俺は成香に質問する。

「通販サイトの件だけど、頼んでいた資料はできたか？」

『予算などをまとめた書類だな。一応できたと思う。今そっちに送らせてもらった』

「よし。じゃあこれを参考にして、外注先は俺の方で選ばせてもらうぞ」

マネジメント・ゲーム内のメールボックスに成香からのメッセージが届いた。

添付された資料にざっと目を通す。

『私も色々調べてみたんだが、ウェブサイトを運営する以上、保守専門の部署を作った方がいいんだろうか？』

「そうだな。単純に通販サイトを作りたいだけならレベニューシェアでもいいと思ったけど、成香の場合、自社で全部完結させたいんだろ？」

『ああ。その方が顧客にとっても分かりやすいと思うから』

「了解。ならサイトは外注するとして、その後の保守点検はシマックスの負担だな。即戦力となる人材を雇う準備をしておいてくれ」

『わ、分かった！』

レベニューシェアとは、ざっくり言うと複数の企業が協力して一つの事業を行う契約形態のことである。しかし成香は自社のみでサイトを運営したいというので、形自体は外注しても、その後の運営はシマックスの社員で行う必要があった。

とはいえ、いきなり完璧にサイトを運営するのは厳しいだろうから、最初はサイトの作成だけでなく運営もセットで委託することになるだろう。そこから様子を見て、順次自社で賄えるようにすればいい。

「サーバーを自社で用意するのはコストがかかるし、様子見もしたいだろうから、今回はパブリッククラウドを使うぞ？」

『む？　……あ、ああ！　それで大丈夫だ！』

「詳細は後で送るから心配しないでくれ」

『すす、すまない……』

俺の邪魔をしないための気遣いだと思うが、成香が知っているフリをしているように感じたため不安を取り除いておいた。

そもそも成香はＩＴに関して門外漢だから俺を頼ってくれたわけだし、細かい知識の共有はまた後で行えばいいだけだ。

「しかし……凄いな、シマックス。この一週間でこんなに株価を上げたのか」

一週間というのは現実世界での時間。ゲームだと半年である。

尋常ではない増収率を見て、俺は素直に感心した。

『こんなこと言うのもなんだが、シマックスは元々大きな会社だからな。私がやりたいことをいくらでもやれる環境が整っていたんだ』

「確かにそれもあるかもしれないが……」

スポーツに関して豊富な知識を持つ成香は、優れたアイデアを出し続ける。そしてシマックスには、そのアイデアを商品に持って行ける体力が充分備わっていた。こうして考えると、成香の才能とシマックスの現状が驚くほど噛み合っていることが分かる。

「会社が大きいと、やっぱりプレッシャーも大きいのか？」

『ああ。ゲームが始まった頃なんか、冷や汗が止まらなかったぞ。……うっ、思い出すだけでお腹が痛い……』

成香の苦しそうな声が聞こえてくる。

「……成香は、わりと普通の感性を持っているよな」

『む？　どういう意味だ？』

「此花さんとか……特に天王寺さんとかがそうだけど、貴皇学院の皆に今みたいな質問をしたら、大体『そういうものでしょう？』って当たり前のように答えられる気がする」

『ああ……それは確かに』

あの雛子ですら「怠い」とは言いつつも、なんだかんだ背負ってみせるのだ。

雛子や天王寺さんと比べて、成香の悩みは平凡だった。コミュニケーションが苦手とかプレッシャーが苦手とか、勉強が苦手とか……俺が前いた高校でも似たような悩みを抱えている人はたくさんいる。

だからこそ成香は……普通の人をよく理解している。

運動に苦手意識を持っていた北に、運動の素晴らしさを伝えていた時のように、成香は普通の悩みを抱える人に寄り添うことができる。

それって、とてつもない才能なんじゃないだろうか。

特殊な環境にいてもなお、皆に共感されるような普通の感性を持ち続けること。これこそが成香の本当の才能なんじゃないかと俺は思った。

その普通の感性が、マネジメント・ゲームでも評価されているに違いない。

その時──カコーン、と電話の向こうで物音がした。

『おっと、すまない』

成香の謝罪が聞こえる。

すると今度は、床を打つ水の音が聞こえた。

まるで、シャワーのような……。

「……成香。今、どこにいるんだ？」

『お風呂だ！』

お風呂…………？

『伊月がいつ電話してくれるか分からなかったからな。私がお願いした手前、電話に出られないのも申し訳ないし、肌身離さずスマホを持っていたんだ』

「い、いや……そこまでしなくても」

もう一度、カコーンと音がする。

多分、桶を床に置いた音だ。

「……続きはまた後で話すか」

『いや、大丈夫だ！　すぐに身体を洗うから、ちょっとだけ待っていてくれ！』

ボディソープを出しているのか、ペシャン、ペシャン……とポンプを押すような音が電話越しに聞こえる。

無意識に、電話の向こうで何が起きているのか想像してしまう自分がいた。

ゴシゴシと、身体を洗う音が聞こえた辺りで俺は——。

「……あとで連絡する」

返事も聞かずに電話を切った。

なんだか急に疲れたような気がする。

（……今のうちに、頭を切り替えよう）

両頬を軽く叩き、煩悩を弾き出す。次に成香と電話するまでに、外注先の会社を幾つか見つけておきたい。

マネジメント・ゲームは残り二週間。俺がコンサルタントとしての成果を出すには、時間との勝負でもある。

集中してパソコンのモニター見つめていると、部屋の扉がノックされた。

返事をすると静音さんが入って来る。

「伊月さん、頼まれていた資料の用意ができましたよ」

「すみません、助かります」

「元々お嬢様を支えるために用意していたものですから、このくらい構いません」

静音さんからタブレットを受け取る。

画面には様々な会社のデータが並んでいた。俺はタブレットを机に置き、素早くページを切り替えていく。

「……随分、読むのが早いですね」

「売上とか資本金とか、会社の規模に関する情報を省いてチェックしているんです」

「それは……何故ですか？」

ビジネスにおいて数値は最も大事なデータと言っても過言ではない。にも拘らずそれを敢えて見ていない俺に、静音さんは不思議そうに訊いた。

「先入観をなくしたいんですよ。事業だけ見た方が公正な判断ができるので」

「……なるほど」

マネジメント・ゲームを経験して俺が学んだのは、数値には見えない理不尽が含まれているということだ。最高の賞品を開発したのに偶然流行が切り替わってしまった。身内のリークによって競合他社に先を越されてしまった。……こういう理不尽を数値は忖度しない。もう一度チャンスを与えたらきっと上手くいくはずの会社でも、数値は「二度と信頼できない落ちこぼれ」の烙印を押すことがある。

だから俺は、まず事業を見る。

そして企業の理念を把握し——奥にいる経営者の顔を見る。

この経営者が信頼できそうなら、そこで改めて数値に目を向ければいい。

「……この会社とか、よさそうだな」

シマックスと相性のよさそうな企業を幾つか見つけたので、それをリストアップして成香にメールで共有する。それぞれを選んだ際の必要経費などもざっと試算しておいた。

しばらくすると、成香がそのうちの一社を希望した。

よし──あとはこの企業と打ち合わせをして、上手くいけばＥＣサイトの作成開始だ。

パソコンとタブレットを駆使して、マネジメント・ゲームに取り組む伊月の姿を、静音は無言で見つめていた。

既に伊月は静音が同じ部屋にいることを忘れている。

その凄まじい集中力は、雛子や琢磨、そして当主の華厳にも通じるものがあった。

（末恐ろしいとは、思っていましたが……）

伊月を中心に、部屋の空気が少しずつ厳かになっていくような気がした。

琢磨や華厳が本気で仕事をしている時の雰囲気にそっくりだ。二人の仕事を手伝う静音だからこそ、伊月の変化をはっきり認識する。

──会社の規模に関する情報を省いてチェックしているんです。

伊月が口にしていた台詞を、静音は頭の中で思い出す。

──先入観をなくしたいんですよ。事業だけ見た方が公正な判断ができるので。

この発言を聞いた時、静音は思わず笑ってしまいそうになった。

あまりにも異次元の話すぎて。

「……それができるのは、貴方だけですよ」

伊月には聞こえないよう、そっと呟く。

或いは琢磨。……そのような芸当ができるのは、この二人くらいしかいないだろう。

普通は、事業だけでは判断できないから数値を重視するのだ。何故なら事業内容や理念にはいくらでも嘘を混ぜることができる。表向きは世のため人のためと謳いつつ実際は利益主義なんてよくある話だ。

一方、数値は嘘をつかない。だからほとんどの経営者や投資家は数値を用いて相手を見極めようとするが——恐らく伊月にはその必要がないのだろう。

伊月には、データの嘘を見抜く力がある。

だから伊月にとって、見るべきものは数値ではなく理念なのだ。

(琢磨様との出会い。そしてマネジメント・ゲームという機会。この二つが絶妙に噛み合った結果、伊月さんは急激な成長を遂げた……)

覚醒している。完全に。

人の才能が花開く瞬間を目の当たりにして、静音の胸中に形容し難い感情が湧いた。素直に応援したいという気持ち、努力が報われたという感動、或いは怖い物見たさ……色んな感情が混ざり合っている。

ただ確かなのは、これほどの才能があれば、これからもずっと雛子の隣に立つことができるかもしれないという希望が見えたこと。

それは、他の何にも代えがたい、静音にとって一番大事なことだった。

（……この人を、お世話係に選んでよかった）

そして、選んだ以上は見届ける義務が自分にはある。

この少年は、どこまで行ってしまうのだろうか。……集中して画面を見つめる伊月の背中を、静音はいつもより楽しそうに見守った。

◆

翌日の学院にて。

「伊月！」

休み時間になると、廊下から声をかけられた。

席を立ち、声をかけてきた少女のもとへ向かう。

「成香、どうした？」

「昨日のお礼をしに来たぞ!」

キラキラと目を輝かせながら成香は言った。

成香に尻尾と犬耳を幻視する。尻尾がちぎれそうなくらい激しく揺れていた。

「周りの目はもう気にならなくなったのか?」

「む?　……えあっ!?」

視線が集まっていることに気づいた成香は、顔を赤くして教室からは見えない位置へ隠れた。人前であんな大声を出すなんて珍しいと思ったが、わざとじゃなかったらしい。


「い、急いでたから、つい……」

「別に、メールで報告してくれるだけでもよかったんだぞ？」

「何を言う！　こういうのは直接お礼をしなきゃ駄目だ！」

　こういうところはしっかりしている。

　成香の美徳だ。

「こほん。……改めて、昨日は助かったぞ！　おかげで上手くいきそうだ！」

「それはよかった。一応まだ契約期間だから、定期的に事業のデータは共有してくれ」

「ああ！　引き続き頼む！」

　シマックスとのコンサルティング契約は一年間にしていた。現実だと二週間……マネジメント・ゲームの終了まで俺たちの契約関係は続くことになる。

　実際はそんなにいらない気もするが、マネジメント・ゲームがそろそろ終わることを考えると、キリのいい期間にしようという話になったのだ。

「支払いも今日中に済ませよう！　送金先は、例の新しい会社でいいんだったか？」

「ああ。トモナリコンサルティングで頼む」

　株式会社トモナリコンサルティング――これが俺の、二つ目の会社だ。

　かつて社名で弄られたにも拘わらず、また似たような社名にしてしまったが……言い訳を聞いてほしい。コンサルタントを始めようと思った矢先に成香が依頼してきたため、とてもありがたかった反面、非常に忙しかったのだ。

「なんていうか……相変わらず社名がそのまんまなのだな」

　案の定、社名を弄られそうになるが――。

「いや、それを言うならシマックスもそのまんまだろ」

「なっ⁉　ご、ご先祖様のセンスを馬鹿にするのか！」

　似たようなネーミングセンスの成香には馬鹿にされたくなかったが、そういえば成香の場合は先祖代々受け継ぐ社名だった。

「シマックスはなぁ！　この島国で一番大きな――つまりマックスな会社になるという理

念にちなんで考えられた社名なんだぞ！」

「そ、そうだったのか……」

それでも単純すぎないか……？

まあ結局のところ、社名は顧客にとっての覚えやすさが一番大事なので、シマックスという名前はその点を考えるといい名前かもしれない。

成香と別れ、教室に戻る。

「あ、ねえねえ友成君」

今度は旭さんに声をかけられた。

「ちょっと時間いいかな？」

「大丈夫ですけど、ここじゃ駄目なんですか？」

「うーん……できれば二人だけで話したいかな」

珍しい……。

良くも悪くも周りの目をあんまり気にしない旭さんが、密談を求めるとは……少なくとも俺の記憶（きおく）では初めてのことだ。

しかしマネジメント・ゲームが佳境（かきょう）に入りつつある今、密談をしたい生徒は多く、二人きりで話せそうな場所は大体満員だった。階段の踊（おど）り場（ば）とか廊下の隅（すみ）とか、普段（ふだん）は人がいない場所も今は常に誰かがいる。

「休み時間は難しそうなので、放課後いつものカフェで話します？」

「うん、お願い！」

あのカフェならテーブル同士の間隔も広いし、小声で話せば盗み聞きされないだろう。

それに……高貴なるお茶会の噂が出たせいか、俺たちがいつも使っているテーブルは何故か誰も使用しないのだ。まるで予約済みのテーブルみたいな扱いである。あの席が一番景色もよくて落ち着くのに……なんだか申し訳ないが、今回は利用させてもらおう。

◆

――というわけで放課後。

雛子と静音さんに帰りが遅くなると伝えた俺は、旭さんと一緒にカフェを訪れた。

「それで、話とは何でしょう？」

紅茶を一杯飲んだ旭さんは、深刻な面持ちで口を開いた。

「実はね……会社の売上をもっと伸ばしたいの」

十秒ほど、沈黙が生まれる。

しばらく考えた俺は、やがて旭さんの意図を察した。

「……なるほど。競合他社を出し抜きたいわけですね」

「そうなんだよね～！　友成君は話が早くて助かるなぁ」

単に売上を伸ばしたいという相談なら、教室で話してもよかったはずだ。

そうしなかったのは、話を誰かに聞かれたくなかったということ。――つまり秘密裏に動いて、出し抜きたい相手がいるということだ。

「アタシの会社って、都島さんのとこみたいに業界一位ってわけじゃないからさ。下手にライバルに動向を握られたら、あっという間に順位を覆されちゃうんだよね。だから窮屈だけど、こういう話は公にはできなくて……」

「……厳しい業界ですね」

成香の会社であるシマックスの売上は、業界で二位以下の会社と大差をつけている。そこまでの差があれば堂々と振る舞えるかもしれないが、旭さんの場合はそうもいかないのだろう。ジェーズホールディングスは確か、家電量販店の業界で四位だったはずだ。

「だから、正式に友成君に依頼しようかなって思って！　実はさっき都島さんと何か話しているのが見えたんだけど……あの様子だと上手くいってるんでしょ？」

「まあ、そうですね」

「その勢いに、アタシもあやかりたいな～？」

チラ、と口で言いながら旭さんは流し目でこちらを見てくる。

……そんなことしなくても、俺の答えは決まっている。

「引き受けます。旭さんにはマーケティング会社を紹介してもらった恩もありますから」

「やったぁ！　じゃあ、これどうぞ！　うちの会社の資料です！」

準備がいい。旭さんも旭さんで、俺が引き受けることを予想していたようだ。

旭さんは資料の入ったタブレットを俺に渡し、それに加えてノートパソコンの方でもマネジメント・ゲームを起動し、メールで俺にデータを送った。

ジェーズホールディングスの決算情報を、俺はざっくり読み進める。

琢磨さんの指導のおかげだろう。ＢＳやＰＬを始め、この手のデータを読むことに慣れてきた俺は、以前とは比べ物にならない早さで内容を理解できるようになった。

「……高齢者の売上が少ないですね」

「そうなんだよね～。まあ家電なんて元々そうかもしれないけどさ」

家電は年々その機能が進化している。高齢者には買いづらいのかもしれない。

「昔は高齢者向けの家電を売っていたんですね。……今は製造してないんですか？」

「うん。ＣＭとかで宣伝もしたんだけど、数字が悪くてね～。少子高齢化の時流にも乗ってるし、本格的に開発もしていたから、うちの社員は皆ショックを受けてたよ」

資料によると、三年くらい前の話らしい。つまりゲームではなく現実の話である。

事業自体は上手くいかなかったようだが、既に一度製品は開発しているわけだ。基礎が整っている分、この分野なら即応性の高い戦略を練ることができる。

「旭さん。ここの部署って、何をしているんですか？」

「ん？　えーっとね、そこは確か……」

小さな文字で書かれていたため、旭さんが俺のパソコンのモニターに顔を近づける。

こつん、と俺と旭さんの額がぶつかった。

「あっ」

「あっ」

多分、二人同時に声を出した。

反射的に離れた俺たちは、互いの顔を見つめる。

「す、すみません……」

「う、ううん。こっちこそ、ごめんね……？」

集中していたせいか、ちょっと距離感を誤ってしまったようだ。

旭さんは頬を赤らめ、気まずそうにしている。

「……旭さんも、そんなふうに照れることがあるんですね」

「て、照れるよ！　アタシだって女の子だよ⁉」

旭さんが睨んでくる。

「なんとなく、こういうのは笑い飛ばしそうな人だと思ってましたので……」

「い、いや、確かに他の男子だったらそうかもしれないけど！　友成君は別だから！」

「別？」

それって、どういう意味だ？

首を傾げると、旭さんは更に顔を赤くして、わたわたと慌てた。

「わ、わ～～～⁉　今のなし‼　なしだからねっ⁉」

「は、はい」

耳まで真っ赤にした旭さんに、俺は取り敢えず従っておくことにした。

「まあ、その……今だから言うけどさ」

少しずつ落ち着きながら、旭さんは語り出す。

「友成君が入学した当時は、結構心配だったんだよね。……ほら、貴皇学院って偶に、入学してもついていけずにすぐ離れちゃう人がいるからさ。友成君は最初、その典型に見えたっていうか……」

弁解の余地もない。あの時の俺は、確かに学院についていけそうもない庶民丸出しの人間だった。今でも気を抜けばそうなってしまうので本質は変わらないが……。

「でも結局、アタシの目は節穴だったっていうか。友成君は一生懸命努力して、あっという間に一人前になってみせたし。此花さんも天王寺さんも都島さんも、友成君のことを頼りにしていて……今ではアタシ自身もこうして相談する側になってる」

　そう言って旭さんは俺のことを真っ直ぐ見つめる。

「この短い間で、こんなに頼もしく成長するなんて……友成君って凄いなー、かっこいいなーって思っちゃって。……だから、その……」

　そこまで話して、旭さんは再び顔を赤く染めた。

「や、やっぱりこれもなし！　今言ったこと、全部忘れて！」

「は、はい……」

　これも聞かなかったことにしておこう。

　マネジメント・ゲームの話題に戻そうと思ったが……駄目だ。真面目な話を再開できる雰囲気ではない。

　俺も旭さんも、顔が真っ赤だった。

「あーもー！　なんか変な空気になっちゃったよ！　うあ～、恥ずかしいなぁ～～っ」

こんなの柄じゃないのに〜〜〜〜!!　と頭を抱える旭さんに、俺は「ははは」と作り笑いをするしかなかった。

普段はもっと気軽な距離感なのに……急にそういう雰囲気を出すのは、ちょっとズルいと思う。

◆

翌日の朝。

「友成！　助けてくれ！」

学院に登校すると、大正が俺の机に両手をついて頭を下げた。

「えっと、コンサルティングの依頼ですか？」

「ああ！」

「分かりました……と言いたいところなんですが、実は今立て込んでいまして。取り敢えず依頼内容を聞いてから判断してもいいですか？」

「勿論だ！」

シマックスのコンサルティングはまだ続いているし、旭さんのジェーズホールディングスのコンサルティングに至っては、まだ戦略すら思いついていない。仕事が多いのはありがたい話だが、そろそろ俺のキャパシティも限界に近かった。

「結論から言うぞ。——通販会社に仕事を取られる！」

大正は両手で顔を隠して叫んだ。

悲劇の主人公のようだ。

「……そういえば最近、物流業界でとんでもない動きがありましたね」

「ああ。海外の大手通販会社が、本格的に物流業界に参入してきたんだ」

海外のネット通販大手——アマゾネス。

日本でも馴染み深い通販サイトだが、この会社が先日、マネジメント・ゲーム内で物流業界への参入を発表した。既に海外ではサービスは始まっており、日本国内の物流会社はいずれ大打撃を受けると言われている。

「アマゾネスって学生が動かしてる会社じゃないですよね？　そのわりには、とんでもないことをしてくるなと思ってたんですが……」

「そっか、友成は知らないんだな」

大正が微かに驚いて言う。

「毎年のことなんだが、ゲームが膠着してくると学院側が色んなイベントを起こして掻き乱してくるんだよ」

「……なるほど。じゃあ、アマゾネスの物流業界参入は、学院側が用意したイベントなんですね」

「ああ。物流業界はゲーム開始からずっと安定してたし、標的にされたっぽいなぁ」

大正は悲しそうな顔で言った。

恐ろしい学院である。一流の経営者を育てることに余念がない。

「いざこういうイベントを起こされると、なんだか現実でも本当に起こっちまうような気がしてな。だから、本気で対策したいと思ったんだ」

「なるほど……」

「ていうか実際に起こり得るんだよな、これ。アマゾネスって今は商品の運送を物流会社に頼ってる状態だけど、既に世界中に認められてるサービスなわけだし、自分のところで物流を始める地盤(じばん)はもう整ってる。……物流っていうのは、ほとんどの業界にとって不可欠の仕事だからな。アマゾネスじゃなくても他の会社にやられる可能性はあった」

流石、引っ越しのタイショウの跡取り(あととり)息子(むすこ)。業界の事情には詳(くわ)しい。

このイベントを考えた貴皇学院の上層部たちも凄腕(すごうで)であることが窺(うかが)える。マネジメント・ゲームには経済産業大臣も関わっていたし、きっとこのイベントはプロ中のプロたちが念入りに議論した末に生み出したシナリオなのだろう。となれば信憑性も高い。

「無茶ぶりなのは分かってるけど、友成は通販サイトを運営していただろ？　だから何かヒントでも貰えると助かる……!!」

「そうですね……流石に難しい問題なので、ちょっと時間をください」

「分かった！　必要な社内情報とかあったら何でも言ってくれ！」

よほど焦っているのか、大正は深々と頭を下げる。

現実でも起こり得るから、しっかり対策したい。……その真剣な心意気には俺も応えたいところだが、如何せん難しい問題だ。

できるだけ迅速に、かつ慎重に作戦を立てよう。

◆

昼休み。庭園を横切った先にある古びた建物、旧生徒会館の屋上にて。俺と雛子はいつも通り二人きりで昼食をとっていた。

「伊月……考え事？」

「ああ。旭さんたちから受けた依頼が難題でな……」

腹を満たしながら、二つの難題について考える。

売上を伸ばして競合他社を出し抜きたい旭さん。アマゾネスの物流業界参入という嵐の中でも生き残る策を見つけたい大正。

二人とも、なかなか高い壁を乗り越えようとしている。

「次は何を食べる？」

「ん、ん……じゃあ、卵焼きで……」

上品な弁当箱に詰められた卵焼きを箸で摘まみ、それを雛子の口元に持っていく。

「ほら、あーん」

「あ、あーん……」

雛子は頬を赤く染め、視線を逸らしながら口を開いた。

その様子は……最初の頃とは随分違う。俺がお世話係になったばかりの頃は、もっと自然で当たり前のような態度だったのに。なんだか最近はぎこちない。

いや、ぎこちないというよりも、この反応は……。

「……雛子」

「な、なに……？」

「もしかして、恥ずかしくなったのか？」

「んぺっ⁉」

雛子は口に含んでいた卵焼きを吐き出しそうになって、口元を手で押さえた。

「誤魔化さなくていい。それは自然なことだぞ」

何故なら俺は最初から恥ずかしかったので。

正直に言うと、健全な男子高校生である俺にとって、こういうやり取りは非常に心臓に悪いのだ。今までも我慢していたけど、内心ではずっと動揺していた。

「こういうのはもう、卒業した方がいいのかもな」

「べ、べ、別に……卒業するほどでは、ないというか……？」

「いや、でもそんなに食べにくそうだったらやめた方がいいだろ？　授業に間に合わなくなっても困るし……」

そこまで言って、俺は少し寂しい気持ちになっていることを自覚した。

今までも内心ではずっと動揺していたが……それでも心地よかった時間だったことは否定できない。

この時間を続けるべきか、終わらせるべきか。

俺の中で葛藤が始まった。

「一緒に風呂に入るのも、改めて考え直した方が……」

「え……っ⁉」

雛子が悲鳴寸前みたいな声を出した。

「で、でも、それは……私の、既得権益だし……」

既得権益って何だ……。

最近、一緒に風呂に入っている時も色々様子が変だし、今一度、距離感を改める機会が来たのかもしれない。

少なくとも俺はそう思ったが……雛子は違った。

「…………だ」

「だ？」

雛子は、微かに潤んだ瞳で、上目遣いになって……。

「………………だめ？」

まるで熱に浮かされているかのように、か細い吐息と共にお願いしてきた。

…………。

……………………。

「…………………………………………………………駄目じゃない」

「……………………………………………。

何言ってるんだ俺は。

もうちょっと考えてから結論を出すべきなのに。

そんな理性の声を無視して、俺は雛子の口元に魚の切り身を運ぶ。

「あーん」

「あ、あーん……」

雛子はもぐもぐと咀嚼(そしやく)した後、朗(ほが)らかに笑った。

「美味(おい)しい……んへへ……」

やっぱりぎこちなさは残るが、それ以上に雛子は幸せそうにはにかんだ。

（……まあ、可愛(かわい)いからいいか）

なんかもう全部どうでもよくなってきた。

可愛いならそれでいいじゃないか。

実際、昼休みのこの時間は雛子だけでなく俺にとってもありがたいものだ。こうして貴皇学院の特殊な雰囲気から離(はな)れて一息つくことが、大事な心の休息になっている。

俺はただ、その時間を守りたいだけなのだ。そういうことにしておこう。

神に誓って下心があるわけではない。

「……この前の、一緒に風呂に入った時についてなんだけど」

風呂の話題が出たので、この前の件についても触れておく。

すると雛子は恥ずかしそうに俺から目を逸らした。

「あ、あれは、その……私が変なことを、しちゃったから……」

「……まあ、変だったのは否定しないけど」

うっ、と雛子の口から声が出た。

でもあの時の俺は、本当は雛子の態度自体を注意したかったわけではなかった。

折角だから、そのことについても話しておこう。

「俺がお世話係になったばかりの頃。俺が教えた三秒ルールのせいで、華厳さんに叱られたことがあっただろ?」

雛子が小さく首を縦に振る。

「あの時のことを思い出してな。……大丈夫だとは思うけど、雛子が他の人にもああいうことをしてしまったら、駄目だと思って。……だから注意したんだ」

「……そっか」

こちらの気持ちを理解してくれたのか、雛子は優しく微笑んだ。

しかしすぐに雛子は「ん？」と首を傾げる。

「伊月。……駄目って、どういうこと？」

純粋な眼で、雛子は俺を見つめた。

「もし、私がああいうのを、伊月以外にやったら……伊月は困るの？」

………一瞬、どう答えるべきか悩んだ。

しかし冷静に考えたら困るに決まっている。三秒ルールの時と同じだ。そんなことすれば、雛子の完璧なお嬢様という仮面が剥がれてしまう。それはお世話係として止めなければならないことだ。

悩むことなんてない。ないはずだ。

「勿論、困る」

「……困るんだ」

俺が答えると、雛子はにんまりと笑い、

「困るんだぁ……？　へぇ～～……ふ～～～～ん…………」

とても満足そうに、雛子はニマニマと口角を吊り上げていた。

「……心配しなくても、伊月以外にはしない」

「そ、そうか」

「ん。……するわけない」

雛子は断言した。

俺以外にしないなら別にいいか。……ん？　いや、本当にいいのか……？

まあ、また同じような状況になった時に考えればいいか。

「雛子。マネジメント・ゲームで訊きたいことがあるんだけど、いいか？」

雛子がこくりと頷く。

「やっぱり大企業っていうのは、できれば他の会社に頼ることなく、どのサービスも自社で完結させたがるものなのか？」

「……それが理想だけど、実際はそうでもない」

考えながら、雛子は答えた。

「一つは、さっき言った既得権益の問題……」

さっき言ってた既得権益は意味が分からなかったんだが……。

「やっぱり……元あるサービスを潰そうとすると、色んなところから反感を買う。……だから、よほど大きな会社じゃないと、やろうと思わない」

他の会社に任せていたものを自分でやるということなのだから、他の会社の仕事を奪うことになる。大正たち物流業界の人間がアマゾネスの一挙一動を気にしたように、関係に軋轢を生むことは間違いない。

「二つ目は……ノウハウの問題。他社に任せていたサービスを、いきなり自社でやろうとしても、ノウハウがないから他社に任せていた頃と比べて絶対に質が落ちる。……時間が経てば解決するけど、顧客は待ってくれない」

「……そうか。大企業にとっては長期的な投資でも、顧客からすれば今まさに質が落ちていることが問題だから、さっさと元の会社に戻してくれって言いたくなるよな」

「そゆこと……。ノウハウを共有してもらおうとしても、一つ目の問題とぶつかるから誰も共有してくれない。……ふわぁ」

雛子が眠たそうに欠伸した。折角の昼休みだし、難しい話はこのくらいにしておこう。

新規事業にノウハウがないのは当然のことである。かといって仕事を奪おうとしている相手からノウハウを提供してもらえるはずもない。この辺りの問題を解決するには、やはり企業の地力が重要になってくるのだろう。

成香の会社であるシマックスは現在、俺のコンサルティングに従って自社で通販サイトを運営している。現状問題はなさそうだが、今の雛子の話を聞いて少し怖くなってきた。

また成香と相談して、クオリティの向上を図っておこう。

（……アマゾネスを止めるのは、非現実的だな）

シマックスも大企業だが、アマゾネスは更にその上をいく。

アマゾネスという企業の力は尋常ではない。雛子が言っていた二つの懸念もあの会社なら簡単に突破できるだろう。アマゾネスの勢いを削ぐことは恐らく難しい。

どうすればいいんだろう。……そう思いながら、俺は床に置いていた紙束を手に取る。

「それは……？」

「ジェーズホールディングスと、引っ越しのタイショウの資料だ。モニターばかり見てると目が疲れるから、印刷してみた」

「……気持ち、分かる」

マネジメント・ゲームが始まってからモニターを見つめる時間が増えたので、気分転換がしたかったというのもある。

あと、紙媒体の方が手軽だったりする。タブレットやパソコンは、机と椅子がないと使いにくいが、紙束ならこうして床に座りながらでも適当に読めるのだ。

琢磨さんも以前、気分転換で紙媒体を使っていた。今思えばあの時の琢磨さんもこういう気分だったのだろう。

——君には、データの裏を見る才能がある。

株主総会を見学させてもらったあの日、俺は琢磨さんにそう言われた。

データの裏。表面からは分かりにくい真実。そこにヒントがあるかもしれない。

……探せ。

あの二人が、自分でも自覚していないような会社の強みを。

ジェーズホールディングスが競合他社を出し抜くための武器を。引っ越しのタイショウがアマゾネスを退けるための武器を。

探せ。きっと、あるはずだ。

（……くそ、時間が欲しいな）

旭さんの問題と大正の問題、どちらも迅速に解決しなければならない。その事実が焦りを生み、思考への没頭を遮った。

マネジメント・ゲームも既に終盤に差し掛かろうとしている。最後に結果を出したいなら、悠長に悩むことはできない。

いっそ、二つ同時に解決できる手立てがあればいいのに……。

「…………あ」

二つ同時に。そう考えた瞬間――頭の中の点と点が線で繋がった。

繋がるわけがないと思っていた二つの難題が、一つの答えで結びつく。

「……雛子、ごめん。今日の放課後も一人で帰ってくれるか？」

「……何か、いい案が浮かんだ？」

「ああ」

多分、いける。手応えを感じるアイデアが湧いた。あとは実現可能性や必要な予算などを調べて、あの二人に伝えればいいだけだ。

そんな俺の自信を汲み取ってか、雛子はどこか嬉しそうに頷いた。

「ん……じゃあ、学院の外で待ってる」

「別に屋敷に帰っててもいいんだぞ？」

雛子はふるふると首を横に振る。

「伊月が、何をやってみせるのか……すぐに聞きたいから」

だから帰ることすら惜しいと、思ってくれているらしい。

期待してくれているようだ。俺の、これからの行動に。

「分かった。できるだけいい報告ができるよう、最善を尽くそう」

「……楽しみに待ってる」

◆

放課後。俺はいつものカフェに、大正と旭さんを招いた。

二人を並んで座らせた俺は、ノートパソコンのディスプレイを彼らに見せる。

「えー……では、プレゼンを始めます」

俺がそう言うと、旭さんと大正は拍手して盛り上がった。

「いぇーい！」

「とっも、なり！　とっも、なり！」

「……すみません。いつも通りでお願いします」

普通に恥ずかしいのでやめてほしい。

こほん、と咳払いした俺は二人の顔を見る。

「まず、二人が俺に相談した内容を改めて共有します。……旭さんは、競合他社を出し抜くために売上を伸ばしたい。大正君は、アマゾネスの物流業界参入による打撃を回避するために何か手を打っておきたい。これで間違いないですね？」

二人が頷いたので、話を先に進める。

「この二つの問題を、一つの事業で解決したいと思います」

「一つの……？」

旭さんの呟きに、俺は首肯した。

「それぞれの事例に対するアプローチを説明します。まず旭さんの会社であるジェーズホールディングスでは、高齢者の売上が少ないという特徴がありました。しかし旭さんも言っていましたが、これはそもそも家電業界全体に言えることです。……裏を返せば、ジェーズホールディングスだけがこの問題を解決すれば、競合他社を出し抜けます」

「……つまり、高齢者向けの事業を始めるってことだね？」

その通りだ。

旭さんの課題に関しては、高齢者向けの事業を始めるという方法で解決する。

「一方、大正君の会社である引っ越しのタイショウについてですが、この会社の魅力はなんと言っても歴史の長さです。引っ越しのタイショウはどの世代の人からも信頼されており、更に支店が非常に多く、田舎の小さな村落までネットワークが行き届いています。この細かな配達範囲は、アマゾネスが真似しようと思っても簡単にはできません」

「おう。支店数なら、うちは業界ナンバーワンだぜ！」

そう――そこに俺は注目した。

引っ越しのタイショウには、アマゾネスにも真似できない強みがある。

「この二つのアプローチを混ぜて、俺はある事業を提案させていただきます」

ディスプレイに映していたスライドを切り替える。

スライドに記された、新たな事業とは――。

「――家電の移動販売（はんばい）です」

大正と旭さんは、目を丸くする。

移動販売とは、簡単に言うとトレーラーなど大きな車に商品を載（の）せて、住宅街などに直接売（う）り込みに行く販売形式だ。石焼（や）き芋（いも）とかがメジャーだが、たとえばオフィスビルの前に弁当屋が移動販売に来るなど、意外にも色んなバリエーションがある。

そんな移動販売を――家電でやる。

恐（おそ）らく誰にとっても聞き馴染みのない組み合わせだろう。でも問題はない。この事業に俺（おれ）が感じている勝算を、順を追って説明する。

「家電には寿命（じゅみょう）があります。それは高齢者にとっても例外ではありません。しかし高齢者が家電をあまり買わないのは、買う手段がないからです」

旭さんが、ふむふむと首を縦に振った。

きっとこれは旭さんも実感していることだろう。

「高齢者はＩＴに疎（うと）い場合がほとんどで、そもそも通販サイトすら見ません。これは実際に俺が前の会社で経験したことでもあります。……だから高齢者の代わりに若者が家電を買います。通販や、都会の大手家電量販店で」

トモナリギフトを経営していた頃、俺はその問題に直面したからこそカタログ部門を作って、高齢者の需要に応えようとした。

若者と高齢者……両方を顧客に据えるなら、サービスの入り口を別々で用意しなくてはならない場合がある。

「そこで移動販売です。移動販売なら、足腰の弱い高齢者にも負担をかけることなく、直接家電を購入してもらえます。つまりこの道を開拓すれば、競合他社が持っていない高齢者向けという市場を手に入れることができるんです。……しかもジェーズホールディングスには、高齢者向けの家電を販売していたという実績もある。かつての製品が、日の目を見る機会になるかもしれません」

旭さんも言っていた。本格的に開発していただけあって、社員たちは製造中止に嘆いていたと。……これは、そのリベンジを果たす機会にもなる。

「そして、この移動販売に必要な物流を、引っ越しのタイショウにやってもらいます」

旭さんから大正に視線を移し、俺は説明する。

「先程も言いましたが、引っ越しのタイショウの魅力は、どの世代にも伝わる信頼感と、田舎の村落まで届く配達範囲です。……まさにこの事業にうってつけだと思います」

引っ越しのタイショウなら高齢者もよく知っている。知っているサービスは気軽に使いやすい。この安心感は決して馬鹿にできないだろう。一朝一夕では手に入らない、長い年月が積み上げた引っ越しのタイショウのイメージは、アマゾネスには真似できない。

「ついでに言うと、家電のような精密機器の運輸はデリケートだと思いますが、逆に言えばその実績を大量に手に入れるチャンスです。……上手くいけば、本業の引っ越しでも更に信頼されると思います。精密機器なら引っ越しのタイショウ、という感じに」

技術の発展によって、現代の生活はとにかく精密機器に囲まれることが多い。パソコンやゲーム機など、これらの運輸の需要は年々高まっているだろう。

その分野でも、引っ越しのタイショウは一歩リードできるかもしれない。

「ちなみに、モデルケースも探してきました。……こういう例もありますので、実現可能性は充分あると思います」

提案に説得力を持たせるために、モデルケースも紹介しておく。

俺は学院の印刷機で刷ってきた書類を二人に渡した。

地方の商店街が大手のネットスーパーに対抗するために、食材の移動販売をしたというケースの資料だった。商店街の八百屋や魚屋、肉屋で売っている食材を、その地域の物流会社が車に載せて販売するという、俺が今まさに二人に提案している事業と限りなく近いビジネスだ。

「というわけで、どうでしょうか？　この案は」

しばらく資料を読んでいた二人に、問いかける。

しかし二人とも反応がなかった。

「……あの、二人とも？」

何か欠陥があっただろうか。

そんな不安と共に俺は二人を見たが、

「これって…………」

「ああ…………」

旭さんと大正が、それぞれ目を見開いて資料を見つめる。

「…………現実でも、使えるんじゃないか……？」

大正が小さな声で呟いた。

「友成。お前、とんでもねぇものを思いついたかもしれねぇぞ」

「そ、そうですか……？」

そこまで感心されるとは思わなかったので、驚いてしまう。

とはいえ一応――俺もそのつもりで、この事業を提案していた。

高齢者向けの商品開発で一度失敗した旭さん。もしかしたら本当に起きるかもしれないアマゾネスの物流業界参入に対抗したい大正。二人とも現実と繋がった問題を解消したがっていたから、俺もちゃんと現実で使えるような案を出したかったのだ。

「やろう。アタシはこれ、大賛成」

「ああ、俺もだ」

プレゼンを始める直前のような、浮ついた雰囲気はもう消えていた。

二人とも神妙な面持ちで俺の案を採用すると決める。

「友成。他にも何かやった方がいいことってあるか？」

「そうですね……強いて言うなら、精密機器を運輸するための特殊な梱包材とかがあればいいかもしれないですね」

「いいな、それ！　いっそ一から開発して特許取ってやるよ！」

大正がやる気を見せる。

「アタシは!?　アタシは何かない!?」

「旭さんは、今のうちに技術者の確保をした方がいいと思います。昔、高齢者向けの製品を開発していた部署を少しでも復活させましょう」

「分かった！」

旭さんもやる気を見せる。

二人の目は、熱意を灯していた。

「こうしちゃいられねぇ……悪い、俺もう帰るわ！　すぐに作業に入りてぇ！」

「アタシも！」

パソコンを片付けた大正と旭さんが、走って校門の方へ向かう。

車の到着が待ちきれないのか、自分の足で少しでも家に近づきたいらしい。

「友成！」

遠くで大正が振り返った。

「お前、最高だ！　ほんとにすげーよ！　心の底から尊敬するっ!!」

大正が叫ぶ。

間違いなく、最上級の賞賛だ。

「ありがとうございます！」

思わず俺の口からも感謝の言葉が出てくる。

なんだか——胸が熱くなった。

三章◆反響の中で

三日後。学院から屋敷に帰ってきて、早速マネジメント・ゲームを起動した俺は、ゲーム内のメールボックスに届いた大量の未読メールに、思わず声を出して驚いた。

「うわっ⁉」

「……これ、全部依頼のメールか？」

並んでいる件名を見る限り、ほぼ全てがコンサルティングを依頼するメールだ。

しかし何故、急にこんな依頼が……。

（……そうか。今日、発表されたのか）

心当たりが思い浮かび、俺はマネジメント・ゲームのニュースを確認する。

予想通り、そこには――ジェーズホールディングスと引っ越しのタイショウの業務提携に関する記事があった。

かなり大きなニュースとして扱われている。多分、俺が住之江さんの買収を避けた時と同じか、それ以上の扱いだ。

記事のアクセス数も非常に多い。そしてその記事には、トモナリコンサルティングがこの事業を主導したと書いている。

この記事が原因で依頼が急増したようだ。

大量の未読メールを前に呆然（ぼうぜん）としていると、ノックの音が聞こえる。

「どうぞ」

「失礼します」

静音（しずね）さんがワゴンを引いて部屋に入ってきた。

また差し入れを持ってきてくれたようだ。

「伊月（いつき）さん。先程、声が聞こえましたが……」

「あ、すみません。マネジメント・ゲームで予想外のことがありまして……」

「予想外のこと？」

首を傾（かし）げる静音さんに、俺はパソコンのモニターを見せる。

ニュースの記事、そして俺のメールボックスを確認して、静音さんは状況を察した。

「これは……いい事業を提案しましたね」

「静音さんもそう思いますか？」

「マネジメント・ゲームの最終目標は、ゲームでの経験を現実で活（い）かすことですから。この事業はそれを完璧に成し遂げられるものです。生徒の皆さんも、それが分かっているからこそ反応しているのでしょう。……きっと審査員たちも驚いていますよ」

そういえば旭さんと大正も、これが現実でも活きる事業であることに感心していた。

俺の提案は、マネジメント・ゲームの本懐を達成できるものだったらしい。

画面をスクロールして、記事を読み進める。

（……大正も、いいものを作ったな）

ニュースの見出しにはもう一つ、目立った記述があった。

引っ越しのタイショウが、梱包材を新開発して特許を取得したようだ。この梱包材は主に精密機器の運輸に活用できるもので、梱包材単品での販売もこれから行うらしい。

俺はあくまで理想を伝えただけだが、大正はちゃんと期待に応えてくれたようだ。

引っ越しのタイショウは、その名の通り引っ越し屋である。だから家電の運輸も得意分野だったのだ。その特徴が今回の新事業と上手く嚙み合った。梱包材の開発も、きっと引っ越しのタイショウが蓄積していたノウハウを活用したのだろう。

と、その時。スマートフォンが震動した。

画面には、此花琢磨と表示されている。

「琢磨様ですか」

「はい。これから打ち合わせをするので」

「……では、私はこれで失礼しますね」

静音さんがドアノブに手をかける。

差し入れを貰うだけ貰って、すぐに追い出しているみたいで少し申し訳ない。

「一応、同席しても問題はないですが……」

「毒を吐きそうなのでやめておきます」

それは……やめた方がいいかもしれない。

扉（とびら）が閉じられた後、俺は琢磨さんとの通話を始めた。

『やあ、伊月君。コンサルタントの調子はどうだい?』

「今のところ上手くいってます」

『まあそうだろうね。上手くやれると思ったからこの道を提示したわけだし。……具体的にどんな仕事をしたんだい?』

「一応、ざっくりまとめてみましたのでメールで送ります」

打ち合わせを円滑（えんかつ）にするために、あらかじめまとめていた資料を共有する。

シマックス、ジェーズホールディングス、引っ越しのタイショウ。この三つが、コンサルタントとして俺が関わった会社だ。

『……へぇ、家電の移動販売か。面白いものを思いついたね』

　琢磨さんが褒めてくれる。

「俺はただ、二つの会社の強みを見つけただけなんですけどね。そしたら、偶々その二つが上手く繋がっただけで……」

『その強みを見つけられることが君の才能だよ。そして、それこそがコンサルタントの仕事でもある』

　そう言われると、悪い気はしない。

　今回は俺にとっても上手くいきすぎた。幸先がいいどころではない。しかしこれはよく考えると、周りに成香や旭さんたちがいたからこそ舞い込んだ仕事だ。

　お茶会同盟を組んでいてよかったと、改めて思う。人と人の繋がりは、こういうところで強い力を発揮するようだ。

『シマックスのデータを共有してもらっていいかい？』

「分かりました」

　琢磨さんに資料を送信する。

　しばらく無言の時が続いた。資料を読んでいるのだろう。

『ふむ……君は都島さんと相性がいいかもしれないね』

　紅茶を飲んでいると、琢磨さんが言った。

『彼女、アイデアに関しては天才肌だろう？　でもどうやら同業者とのやり取りはあまり得意じゃないらしい。上手く提携すればもっといい結果を出せそうなのに……人と関わるのが苦手なタイプなんだろうね』

　凄い。完璧にその通りである。

『対して、君は人とのやり取りが得意だ。特に、同業者や他の経営者との交渉に長けている。君がその長所を活かして都島さんを支えるなら、きっとシマックスは大きく飛躍するだろう。欠点を補うというより、強い相乗効果がある』

「……なるほど」

　じゃあ、俺と成香が手を組んだのは正解だったわけだ。

「ん？」

　ゲーム内のメールボックスに新たなメッセージが届いた。

　差出人は……成香だ。

『どうかしたかい？』

「あ、いえ、成香から仕事のメールが来ただけです」

『噂をすればだね。じゃあ、今回の打ち合わせはこれで終わりにしよう。君はすぐに都島さんに対応してあげるんだ』

「え、もう終わりですか？」

『仕事はスピードが命だよ。大口顧客なら尚更ね。……改善点などは後でメールで送るから、それに目を通してくれたらいい』

まあ確かに成香は大口顧客だが……。

琢磨さんの言う通り、今回は成香への対応を優先させてもらおう。

琢磨さんとの通話を切断すると、スマホの画面に不在着信の通知があった。……成香からだ。一度電話してきたらしい。

着信履歴から成香に電話する。

電話はすぐに繋がった。

「悪い、電話してた。今、大丈夫か？」

『あ、ああ。実はまた相談したいことができたんだ』

成香は遠慮気味に言う。

『社内のセキュリティを強化したいんだが、どうすればいいんだろうか？』

「……セキュリティか」

それは勿論、情報セキュリティ……つまりＩＴ分野におけるセキュリティの話だろう。

しかしシマックスには既に、セキュリティ周りを担当する部署があったはずだ。

「今までのセキュリティ対策じゃ駄目なのか？」

『あるにはあるんだが、通販事業を始めたから、全体的にＩＴ部門を強化した方がいいと思ったんだ。それで、何か今よりもいい方法はないか相談したくてな』

通販サイトの運営を機に、社内インフラを一新したいということか。

シマックスは歴史の長い企業である。そういう企業ではＩＴインフラが旧態依然としていることが多い。新規事業を切っ掛けにその辺りを改善したい気持ちは分かる。

『そ、それで、その……どのくらい待てばいい？　すぐに対応はできるのか？』

「まあ、シマックスとは今もコンサル契約の最中だからな。予定外の分野とはいえ、優先的に対処させてもらうけど……」

そこまで言いながら、俺は成香の態度に違和感を覚えた。

「……成香。なんか、焦ってないか？」

『っ!?　そそそ、そんなことないぞ!!』

嘘が下手すぎる。

俺は少し真剣な声音で訊いた。

「大事なことかもしれないから、正直に言ってくれ。なんでそんなに焦ってるんだ？」

コンサルタントの仕事は、経営者に信頼されなくては成り立たない。

何か問題を隠されていると、いざという時の対処も遅れるし、ここは少し厳しく接してでも正直に答えを聞かせてほしかった。

『い、いや、その……別に会社のこととは、関係ないんだ』

成香が言い淀む。

『さっき、ゲームを起動したら、旭さんたちの会社で家電の移動販売を始めるというニュースがあった。……あれは伊月の提案なのだろう？』

「ああ」

『あれはきっと凄いビジネスになる。他の人もそう思っているはずだ。だから伊月のもとには今、色んな依頼が来てるんじゃないか？』

「……そうだな」

実際、こうして話している間にもまた新しい依頼のメールが来た。

でも、それでどうして成香が焦ることになるのだろうか。

『それで、その……』

成香は弱々しく告げた。

『伊月が、人気者になったら……私の傍からは、離れちゃうかもと思って……』

とても不安そうな声だった。

きっと今、成香はもじもじと、自信なさげな表情を浮かべているのだろう。

そんな成香の本音を聞いて、俺は――。

「ふっ」

『な、なんで笑うんだ！　こっちは真剣に悩んでるんだぞ！』

悪いとは思いつつ、つい笑ってしまった。

「あのなぁ……俺が、誰に対してもここまで面倒見がいいと思ったら大間違いだぞ」

成香の心配は完全に杞憂だ。

「この前、成香は普通の感性を持っているって言ったことを覚えてるか？」

『あ、ああ』

「成香はさ、目に見えて頑張っているから、俺もつい応援したくなるんだよ。……悩み方が共感できるって言えばいいのかな。友達が欲しいとか、勉強が難しいとか、そういう悩みってあんまりこの学院では聞かないだろ？」

『う……それは、そうだな』

必死にこの学院に馴染もうとしている俺からすると、成香が抱えている悩みは一番共感できる。その悩みは俺が持っていてもおかしくない、身近な悩みだった。

「褒め言葉に聞こえないかもしれないが、俺は成香からは人並みの弱さを感じるんだ。だからこそ、そんな成香が頑張っているなら俺も一緒に頑張りたいと思える」

雛子も天王寺さんも、それぞれ弱さを抱えていた。でも多分――一番弱いのは成香だ。

成香が一番、等身大だ。

そして、その人並みの弱さが、普通の感性の根源となっている。

長所と短所は表裏一体とよく聞くが、成香の場合はまさにこの典型だろう。改めて考えれば、成香は琢磨さんから、あの雛子や天王寺さんを押しのけて「天才」の評価を貰っているんだから……凄まじいポテンシャルの持ち主なのだ。

「俺自身、未熟だからこなせる依頼には限界があるけど……成香との契約は破棄しないつもりだ。最後まで同じ船に乗らせてくれ」

『い、伊月ぃぃぃ～～～……っ』

安心しきったのか、成香は涙声で俺の名前を呼んだ。

「セキュリティの件は承知した。近いうちに何か案を出すから、待っていてくれ」

『ああ！　伊月、ありがとう！』

成香との電話を切る。

椅子を引いて、静かに息を吐いた。

「……セキュリティ対策か」

シマックスには既にセキュリティ対策の部署があるようだが、現状から一新したいなら彼らを使うよりも他社のセキュリティ対策ソフトを頼った方がいいかもしれない。

丁度、成香からメールで最新の社内情報も送られてきたので読んでみる。……通販事業は今のところ順調なようだが、新たな事業が始まったことで人手不足になりそうな前兆が見え隠れしていた。ただでさえ社員が忙しいこの状況で、更に新しいタスクを与えるのはパンクしてしまいそうな気がしてならない。

——君がその長所を活かして都島さんを支えるなら、きっとシマックスは大きく飛躍するだろう。

琢磨さんに言われたことを思い出す。

琢磨さんは、俺の長所をこう語っていた。

「交渉に長けている、か……」

多分それは、裏をかくとか、心理的な駆け引きとか、そういう話ではない。頭を下げて協力者を増やしていくという原始的な取引のことを指している。……琢磨さん的には前者の能力も伸ばしてほしそうだが、そのような奥深い領域は今の俺では手出しできない。

旭さんや大正の会社をコンサルティングして分かった。長所を活かした経営は成功しやすい。……なら俺も、自分の長所を活かさなければならない。

交渉。人との繋がり。それが俺の活かせる長所だ。

「確か、ここに……」

机の引き出しを開け、中に仕舞っていたものを取り出した。

それは——競技大会が始まる前、静音さんが俺に渡してくれた一枚の名刺だった。

当初、俺は中堅ＩＴ企業の跡取り息子という設定だった。……設定だけだった。しかし学院に馴染むにつれて、本格的にＩＴ関係の勉強をする必要が生じ、それを知った静音さんが「いっそ本当に将来はＩＴ企業に勤めますか？」と進路を提案してくれたのだ。その進路に具体性を持たせるために、静音さんは後日、俺にこの名刺を渡してくれた。なんでも、学院を卒業後、俺にその気があれば雇ってくれるという約束まで取り付けて。

この会社は、オフィス用のセキュリティ対策ソフトを開発しているＩＴ企業だ。静音さんが紹介してくれただけあって離職率も低く、ＣＭも出している優良企業である。

部屋を出た俺は、厨房の方へ向かった。

そこで、屋敷に届いた食材を吟味している静音さんを発見する。

「静音さん。ちょっといいですか？」

「なんでしょう」

俺は、机から取り出した名刺を静音さんに見せる。

「この名刺を使いたいんですが……」

◆

翌日の夕方。俺は一人で駅前のオフィスビルに来ていた。

スーツだと普通の会社員と同じなので紛らわしいし、今回は学生としてこの場に来たので俺の服装は貴皇学院の制服だ。しかしこんなオフィスビルに学生が一人ぽつんといることはよほど珍しいのか、先程から通行人や警備員にじろじろ見られている。

その場でしばらく待っていると、エレベーターの方から一人の男性がやって来た。

「すみません、打ち合わせが長引いてしまいまして……」

「いえ、こちらこそお忙しい中、時間を取っていただきすみません」

五分も遅れていないのに謝罪された。

まだ若い……多分、二十代半ばくらいの男性だった。慣れた様子で頭を下げられたので俺も反射的に頭を下げる。

すると、一枚の名刺を渡された。

「ホライゾン株式会社、営業二課の渡会です」

「友成伊月です。よろしくお願いします」

両手で名刺を受け取る。

名刺交換のマナーもあらかじめ勉強していたが、一方的に貰うなら両手で受け取るだけでいい。名刺を受け取った俺はもう一度頭を下げて「頂戴いたします」と言う。

「じゃあ、会議室の方へ移動しようか」

渡会さんについて行き、エレベーターの中に入る。

ホライゾン株式会社のオフィスは十七階にあるようだ。エレベーターを出て、細長い廊下を真っ直ぐ進んで会議室に入る。

「しかし、驚いたよ。弊社の製品に興味があって話を聞きたいとは。……お客さんならともかく、学生に言われたのは初めてだ」

俺が堅苦しい空気に慣れてないと推測したのか、渡会さんは敢えて口調を崩していた。

俺は上座の方へ案内される。そこには既にペットボトルのお茶が用意されていた。テーブルの中心にはプロジェクターがあり、スライドを映す準備もできている。

本格的な商談の環境が整えられていた。たかが学生の訪問にも手を抜いていないことが伝わり、感謝の気持ちが湧く。

「すみません。学生の身分でお時間を取るのは本当に申し訳ないのですが……」

「いやいや、貴皇学院のマネジメント・ゲームはうちの会社でも有名だからね。力になることができて光栄だよ」

渡会さんが会議室の扉を閉める。

受け取った名刺は、名刺入れの上に載せてテーブルに置いた。商談をする予定なら、貰った名刺をすぐ名刺入れに入れてはならない。商談中はテーブルの上に置き、商談が終わってから名刺入れに入れるのがマナーだ。

「実を言うと、うちの社長は貴皇学院の卒業生なんだ」

「え、そうなんですか？」

「ああ。だから、半ば社長命令みたいなものでね。……先日、社長から言われたんだ。マネジメント・ゲームは本当に大変だから、是非助けてあげなさい！　って。まあ、ちょっと変わったOB訪問くらいに考えてくれていいよ」

「……ありがたいです」

ホライゾン株式会社は二十年前にできたIT企業で、確か社長はまだ初代のままだったはずだ。つまりその社長は、貴皇学院を卒業してこの会社を設立した張本人である。

上場こそしていないが、売上は凡そ八百億、従業員も連結で三千人以上いる大きな企業だ。これだけの会社をゼロから生み出したその手腕は計り知れない。……上場の基準も余裕で超えているはず。なのにしていないのは、敢えて非上場の状態を維持して、物言う株主の影響を受けない自由な経営がしたいのだろう。

「では、弊社の製品……ホライゾン・ビューイングについて説明します」

「……お願いします」

営業モードに入ったのか、渡会さんの口調がまた畏まったものになる。

俺はノートパソコンを開き、メモの用意をした。

――何故、俺がホライゾン株式会社を訪問したのか。

それは、成香から依頼されたシマックスのセキュリティ問題を解決するために、ホライゾンが作っているセキュリティ対策ソフトについて詳しく知りたいと思ったからだ。

ホライゾンは、ホライゾン・ビューイングというソフトを販売している。ざっと調べた限り、このソフトは社内のパソコンや周辺機器といったＩＴ資産の管理をしてくれるものらしい。俺はこのソフトをシマックスにも導入できないか検討したいのだ。

マネジメント・ゲームにもホライゾン株式会社は存在するが、残念ながら生徒ではなくＡＩが経営しているので、こうして直接訪ねるのが一番いいと思った。本来ならそんなことできないが、幸い俺にはこの会社とちょっとした縁がある。

以前、静音さんから貰った名刺が、このホライゾン株式会社のものだったのだ。

打ち合わせがしたかった俺は、駄目元で名刺に書かれていた電話番号に連絡した。すると予想外に快諾され、今に至るというわけだ。

「ホライゾン・ビューイングは、企業様のＩＴ資産運用管理を支援するソフトです。導入事例は多岐に渡り、総務省の方でも——」

渡会さんが淀みなくプレゼンを始める。

総務省や有名私立大学でも導入されるほど信頼されているソフトで、市場シェア率もナンバーワン。導入総数はなんと二万件以上とのことである。

つまり、それほど社内のセキュリティ対策を重視している企業があるわけだ。……成香の嗅覚が正しい証明である。

「ホライゾン・ビューイングを使えば、情報漏洩の対策もできます。たとえば未登録のＵＳＢメモリが利用された場合、ファイルのやり取りが制限される上に通知が届きます」

ＩＴ資産の管理だけでなく情報漏洩も対策できるらしい。

「導入に必要な時間はどのくらいなんですか？」

「導入規模にもよりますが、たとえば——」

渡会さんが淀みなく質問に答える。

なんていうか、社会人としての余裕を感じた。……俺は将来、ちゃんとこういう大人になれるだろうか。そんなことを思う。

その後も渡会さんはホライゾン・ビューイングについて説明を続け……。

「——と、まあ、こんな感じかな」

一通り話し終えたところで、渡会さんが肩の力を抜いた。

「友成君がしっかり者だから、こっちも普通に営業モードに入っちゃったよ。今の説明で理解できたかな？」

「はい。詳しく教えていただきありがとうございます」

基本的な機能から導入方法まで、ざっくり教えてもらった。

導入事例が豊富なだけあって、どの会社でも使えるソフトのようだ。これならシマックスにも導入できる。

今後のことを考えていると……会議室の扉が三回ノックされた。

「おお、君が友成君かな⁉」

恰幅のいい、少し白髪の生えている男性が朗らかに笑った。

上等なスーツを着ている。海外ブランドではなさそうだが、体型にフィットしたこの感じは多分オーダーメイドだ。

「はじめまして。ホライゾン代表取締役 社長の空野です」

「友成伊月です。本日は貴重な機会をありがとうございます」

なんとなく相手の立場を察していた俺は、すぐに頭を下げて名刺を受け取った。

「どうだった？ 今日はタメになる話を聞けたかね？」

「はい、とても勉強になりました」

「それはよかった。……聞いているかもしれないが、私も貴皇学院の出身でね。まだ学院の庭には池があるかい？」

「あ、はい、ありますよ。鯉がいる池ですよね」

編入したばかりの頃、雛子が餌をやっていたのでよく覚えている。

今更だが……あれ、勝手に餌をやってよかったんだろうか。

「あの池はね、うちの代で作られたんだよ。当時の生徒会が、学院の景観を変えるために予算を使いたいと言ってね。なかなか壮大な選挙が行われたんだ」

へぇ……あの池、最初からあったわけじゃないのか。

「生徒会の役員になれば、学院の環境をそこまで変えることができるんですね」

「生徒会に興味があるのかい？」

「はい。一応、生徒会を目指しているので」

「お、それは野心家だね」

空野社長は感心した様子を見せる。

「生徒会を目指すなら、大人との会話にも慣れておいた方がいい。学外のお偉いさんともよく話すみたいだからね」

「なるほど……ありがとうございます」

しかしその点なら、俺は日頃からいい経験を積ませてもらっている。何せ俺が住んでいるのは此花家の屋敷なのだ。琢磨さん、華厳さん、そして屋敷で働く他の使用人……俺の周りには俺よりもレベルの高い大人がたくさんいる。

「渡会も何かアドバイスしてやればどうだ？」

「と言われましても。僕はただの営業ですし……」

空野社長の発言に渡会さんは困ったように苦笑した。

そんな渡会さんに、俺は質問する。

「あの、営業のコツってありますか？　最近、色んな人と交渉することが多くて……」

今のところ交渉で困ったことはないが、自分でも気づいていない改善点がどこかにあるかもしれない。本職の人からアドバイスを貰える機会は学生である俺にとって貴重だ。何でもいいから糧にして成長したい。

「そうだなぁ……相手の顔を見て、態度を変えることかな」

渡会さんは顎に指を添えて説明した。

「たとえば、イケイケな若い人と、厳かで年老いた人……この二人に全く同じ態度で話しかけるのは変だろう？　若い人とは雑談も混ぜて軽めに話した方が盛り上がるし、年老いた人とは腰を据えた落ち着いた態度の方が深い話ができる」

「……なるほど」

最初、相手の顔を見て態度を変えると言われた時は、八方美人みたいな……ちょっと悪いニュアンスを受け取ってしまったが、こうして聞くととても全うな理屈だと分かる。

渡会さんが説明したパターンの逆も考えてみる。……若い人に落ち着きすぎた態度で接すると、やりにくそうに感じられることもあるだろう。ご年配の人にイケイケな感じで話しかけたら、軽薄だと思われる可能性もある。なるほど、確かにこれはよくない。

「まあこれは、営業というより全てのコミュニケーションで言えることだよね。友達の中にだって、ふざけるのが好きな人もいれば、大人しい人もいるだろう？　大人しい人に向かって『ナンパしに行こうぜ！』なんて言わないよね。……皆、無意識に注意していることさ。それを営業でもやればいい」

言われてみればその通りだ。

案外、皆が無意識にしているテクニックなのかもしれない。

「ちなみにこのテクニックは就職活動の面接でも役立つから、覚えといた方がいいよ。面接って大体、若い人事と歳を取った役員がセットになるから、ちゃんと相手に応じて態度を切り替えてね。そしたら少なくともうちの会社には受かるから」

「お前、そんなこと考えてたのか……」

空野社長が苦笑した。きっと空野社長は渡会さんの面接に立ち会ったのだろう。

しかし、就職活動の話題が出たことで——俺は胸の辺りにチクリと痛みを感じた。

痛みの正体は、罪悪感だ。

元々、俺はホライゾンから内々定を得るという形で名刺を貰っていた。つまり俺はこの会社からスカウトを受けていて、今回はその縁を利用して訪問したのだ。

しかし俺は、コンサルタントを目指すと決めてしまった。

だから、この会社には…………。

「……あの、すみません！」

これ以上黙っているのは申し訳ない。

そう思って俺は頭を下げる。

「俺……多分、この会社には入らないと思います！」

「ははは、分かってるよ。なんとなくそんな気がしていた」

え、と唇から声が漏れた。

「まだ学生の身分なのに、たった一人で会社に訪問するなんて、君にはただならぬ行動力がある。貴皇学院の学生でもここまでする人は滅多にいないだろう。……それほどの向上心があるなら、きっとうちよりも、もっとレベルの高い目標があるんだろう？」

「あ……」

あまりにも図星だったので、俺は返答に窮した。

正確には、レベルの高い目標を選んだわけではない。将来の進路の方向性を変えただけだが……この人にとっては同じことだろう。

「打算的なことを言うとね。私からすると、こうして君と関わっているだけで此花グループとの縁を強くできるかもしれないんだ。そう考えるとお釣りがくるよ。だから君が申し訳なく感じる必要はない」

「……すみません」

きっとそれは半分本音なのだろうが、もう半分は気遣いに違いなかった。

俺は静音さんからホライゾンの名刺を貰った。つまりホライゾンは此花グループと何らかの縁がある。空野社長はその縁を強くできればと考えているのだろう。

マネジメント・ゲームを経て、つくづく思い知る。

俺にとって、ビジネスは——縁だ。

他の誰かにとっては違うかもしれない。雛子、天王寺さん、成香、旭さん、大正……彼らはまた異なる理念で会社を動かしているのかもしれない。

でも、少なくとも俺にとっては縁だった。

数字よりもアイデアよりも運よりも……俺のビジネスは縁で回っている。

「とはいえ人生は長いからね。気が向けば、改めて我が社を進路の一つとして検討してほしい。君みたいな子なら大歓迎だ」

「……ありがとうございます」

深々と頭を下げた。

俺は今、空野社長の器の広さに助けられている。

「ところで、マネジメント・ゲームには裏技があることを知っているかい？」

「え？　いえ、知りませんが……」

空野社長がメモ帳に英数字の羅列を記入し、俺に渡してきた。

「うちの会社と取引する際、このコードを入力してみなさい」

「えっと……分かりました」

何のことかさっぱり分からないが、取り敢えず受け取っておく。

最後に俺は、改めて二人に頭を下げた。

「本日はありがとうございました」

屋敷に帰った後、俺はすぐに今日のことを成香に伝えた。

「というわけで、シマックスのセキュリティはホライゾン・ビューイングで強化しよう」

『承知した！』

ホライゾンから貰った製品情報の資料も共有して、成香と話し合った結果、予定通りシマックスにはホライゾン・ビューイングを導入することが決まった。

「ホライゾンとの取引は俺が仲介するぞ？」

『ああ。伊月の功績を奪う気はないぞ！』

その心配は最初からしていない。単純に俺がホライゾンの製品について調べたので、最後まで責任を取りたいだけだ。

成香の許可も貰ったことだし、早速マネジメント・ゲーム上でホライゾン株式会社との取引を始める。

そういえば、空野社長が裏技について言っていたが……。

（……あれ？　よく見れば、入力フォームがある）

取引画面の隅っこに妙な入力フォームを見つけた。

試しに空野社長から貰ったメモを取り出し、そこに記された英数字を入力してみる。

すると――ホライゾン・ビューイングの値段が割引された。

「……裏技って、こういうことか」

この裏技は、現実世界での交渉をゲームに反映するためのものだ。

旭さんに紹介してもらったマーケティング会社も同じようなものである。あの会社は実際に学生が経営していたため「旭さんの紹介だから割引するね」と直接割引してもらったが、ホライゾンはＡＩが動かしているのでこういう流れで値引きされるのだろう。

本当に、よくできたゲームだ。

ちゃんと現実世界の縁をゲームにも反映できるようになっている。

「成香、思ったよりも安くなりそうだ」

『え、それは嬉しいが……何故だ？』

「多分、社長が凄くいい人なんだろうな」

経営は人間がやるものだ。

だからこそ経営者の人間性に救われることもある。勿論、逆もあるが。

『それにしても、伊月は本当に凄いな。まさか実際の会社に訪問するとは……』

「偶々縁があったからな。個人的にも興味あったし」

『私なんか、縁があったとしても萎縮して絶対行けないぞ……』

空野社長の反応から察するに、今回ばかりは俺の方が珍しかったようだし、別に成香が真似できなくてもこればかりは問題ない気がする。

『と、ところで伊月。今度の土曜日は空いてるか？』

「土曜日？ ああ、空いてるぞ」

『で、では、私の家に来ないか！』

成香の家に？

『ここ最近、伊月にはずっと助けられているからな。そのお礼がしたいのもあるし……あと父上が、幼少期の誤解について謝りたいと言っている』

「誤解って……ああ、あのことか」

昔、成香の家に泊まった時、俺は成香の父親である武蔵さんに嫌われたと思っていた。

それが誤解だと判明したのは競技大会が終わった後のことだ。

あの誤解は俺も悪かった気がするが……武蔵さんとしては、改めて場を設けたいということだろう。それなら俺も断る理由はない。素直にありがたい提案だ。

『それで、その……だな。これは父上の提案なんだが、折角だし、昔みたいに私の家に泊まったらどうだという話が出ていて……』

「……泊まりか」

正直、嬉しい。

幼い頃、成香の家に泊まった時は楽しかった。多分、俺の中では上位三位に入るくらい楽しかった思い出である。なにせ、あんな大きな屋敷に泊まって、子供の俺が興奮しないわけがない。その分、武蔵さんの誤解の件も頭に強く残ってしまったが。

一学期の頃に成香の家を訪問したことはあったが、あの時は泊まらなかった。

また昔みたいに、あの家に泊まれるなら……楽しい一日が過ごせそうだ。

「……一応、此花さんにも訊いてみる」

『あ、ああ！』

取り敢えず、雛子や静音さん、華厳さんから許可を貰わなくては。

そう思い、俺は雛子の部屋を訪ねる。

「ん……伊月？」

「伊月さん？　どうしました？」

部屋の中には雛子だけでなく静音さんもいた。

「勉強中にすみません。次の土日に、成香の家に泊まっても大丈夫でしょうか？」

取り敢えず静音さんに尋ねる。

すると、雛子が目を見開いた。

「そ、そそ、それは……どう、どういう、意味で……っ!?」

「？　いや、普通に泊まりに行くだけで……」

「なんで、泊まり……!?」

どこで驚かれているのかよく分からず首を傾げる。

そんな俺に静音さんが近づき、雛子に聞こえないよう耳打ちしてきた。

「伊月さん。一応、説明すると……高校生が異性の家に泊まりに行くというのは、普通ではないと思いますよ」

「ああ……なるほど。でも俺、既に雛子と一緒に住んでるようなものじゃないですか」

「それとこれは話が別なのでしょう。少なくともお嬢様にとっては」

別……なんだろうか。

後ろめたいことがあるわけでもないし、ちゃんと事情を説明しよう。

「えっと、そんなに深い理由はないぞ？　折角だから昔みたいに過ごしてみないかって成香の父親に提案されただけだ」

「そ……そう、なんだ。ふーん……」

　疑問は解消できたらしい。

　いくら俺が欲求不満だったとしても、こんな堂々と女子の家に泊まりに行くことを伝えはしないだろう。

「……分かった。行ってきても、いいよ」

　雛子は許してくれた。

　一応、静音さんの方も見ると、首を縦に振られる。問題ないらしい。

「雛子も行くか？」

「私はいい。……伊月と都島さんの家は、昔から繋がりがあるみたいだし……水入らずの時も、過ごしたいと思うから」

　まあ、昔の話題になった時に、傍に雛子がいたら気まずい思いをするかもしれない。

「ありがとう。じゃあ成香にそう返事をしてくる」

◇

土曜日の夜。雛子は静音と共に、屋敷の門の前で伊月の見送りをしていた。

「じゃあ、行ってきます」

「ん……行ってらっしゃい」

予定通り、伊月が成香の家に出発した。

伊月を乗せた此花家の車が、緩やかに走り出し、見えなくなる。

「お嬢様。本当に大丈夫ですか？」

「……大丈夫。私のせいで、伊月の居場所を奪うのはもう嫌だから」

思い出すのは、夏休みの最後に気づいた自分の罪。

偶々、誘拐現場に居合わせた伊月を、雛子は軽率にお世話係に任命してしまった。そのせいで伊月は昔の日常を奪われてしまった。

伊月は気にしていないように見せているが、これを機に雛子は反省したのだ。

もう、自分の我儘で、伊月の居場所を奪ってはならない。

(伊月は、ちゃんと戻ってきてくれる。……私はそれを、信じなきゃ)

少女漫画にも書いていた。

束縛する女は男に嫌われるのだ。

（でも……都島さんって、かっこいいし……）

心の底から信頼して送り出すには、手強い相手だった。

雛子にとって成香は、かっこいい人だ。お茶会の時は臆病な一面を見せるが、だからこそ普段の凛々しい佇まいが際立っている。体育の授業では未だに勝てないし……というか勝てる気が全くしない。本来なら、完璧なお嬢様を演じるために成績は常に最上位であるべきなのに、体育は成香に負けるなら仕方ないとあの父親にすら思われている。

そんなに、かっこいいのに……コミュニケーションが苦手という、伊月が好きそうな世話の焼き甲斐のある性格をしている。

ズルい。そのポジションは私のものなのに。

伊月は私のお世話係なのに。

（う〜〜〜……不安になってきた……）

もし、伊月が都島さんの家から帰ってこなくなったら……。

この屋敷よりも、都島さんの家の方を気に入ったら……。

『雛子。俺、今日から成香のお世話係になるよ』

頭の中で伊月がそんなことを告げた。

これが現実になろうものなら……ショック死しそうだ。

「う、ううう〜〜〜……」

「お嬢様……なんて健気な……っ」

へなへなと膝から崩れ落ちて蹲る雛子。

好きな人のために、必死に不安を隠し通してみせたのだ。そんな少女の華奢な背中を見て、静音は目尻に涙を溜めた。

◆

車から降りた俺の前には、武家屋敷のような横長の家が鎮座していた。

成香の家には久しぶりに来た。相変わらずの荘厳な雰囲気である。今俺が住んでいる此花家の屋敷や天王寺さんの家は西洋建築で、その雰囲気は豪奢、上品、美麗といった感じだが、和風建築の屋敷からはまた違う印象を受ける。静謐で、厳かで、それでいて西洋建築とは趣の違う美しさがあった。これが侘び寂びというやつだろうか。

「友成様ですね。お待ちしておりました」

都島家の従者に案内され、門を通る。

枯山水を横切り、建物の中に入ると――。

「──よ、ようこそ！　都島家へ！」

「うおっ⁉」

パンパン、と小気味いい音と共に、カラフルな紙が舞い散った。

見れば成香がクラッカーを持って、ぎこちなく笑っている。

「……何をしてるんだ？」

「も、盛り上げようと、思って……」

気持ちは嬉しいが……急すぎてついていけなかった。

そんな俺の気持ちを成香は察したのか、しゅんと落ち込む。

「……ふふっ、やはり私は駄目だ。空回ってばかりだ。昔から何も成長していない……」

「あ、いや⁉　そんなことないぞ！」

このまま気まずい空気が続くのも嫌なので、なんとか立ち直って貰おう。

「えっと、嬉しかったぞ！　いやー、今日は楽しみだなー！」

「そ、そうか？　嬉しかったか⁉　よ、用意した甲斐があった……！」

機嫌を直してくれたのか、成香は嬉しそうに笑った。

その時、廊下の方から着物の女性が現れる。

「友成さん、お久しぶりです」

「……お久しぶりです、乙子さん」

この人は都島乙子。成香の母親だ。

黒い髪を短く切り揃えた和服美人という感じで、物静かな印象を受ける。成香の凛々しさは、父である武蔵さんの方から受け継いだのだろう。

乙子さんは俺を見て、ゆったり頭を下げた。

「娘の茶番に付き合っていただきありがとうございます」

「茶番⁉」

母親のあんまりな言い方に、成香が目を見開いた。

乙子さんも、分かっているなら止めてやればよかったのに……。

「お腹も空いているでしょう？　丁度、夕飯ができましたので居間へどうぞ」

「はい。明日までよろしくお願いします」

「まあ、礼儀正しい子ね。成香にも見習ってほしいものだわ」

成香が「うっ」と呻き声を漏らした。

乙子さん……結構、成香のことを弄るな……。

そのまま成香と一緒に居間へ移動する。

大きな食卓に、大量の料理が配膳されていた。

「お、おぉぉ……」

本格的な懐石料理だ。寿司、天ぷら、しゃぶしゃぶ、鯛の塩焼き。どれも色鮮やかで美しく盛り付けられていた。

流石にこれは歓迎用の食事だと思うが、それでもこんな豪華な料理を目の当たりにすると気分も高揚する。

見ればそれは成香も同じようだった。

「母上、頑張ったな！」

「ええ。腕によりをかけました」

乙子さんが心なしか嬉しそうに言う。

「これ、乙子さんが作ったんですか？」

「使用人にも手伝ってもらいましたけどね。大体は私が作りました」

凄い……。

なんていうか、乙子さんって何でもできるイメージがあるが、本当にその通りなのかもしれない。……その器用さは成香に受け継がれなかったようだ。

成香の隣に座ると、居間に男性が入ってくる。

甚平を着たその男性と、目が合った。

「武蔵さん」

「……来たか」

武蔵さんは鋭い目で俺を見る。

「えっと、お久しぶりです」

「……ああ」

「……」

「……」

……あれ？

誤解はもう、解けたんだよな……？

競技大会の時、乙子さんは武蔵さんのことを単に口下手なだけだと言っていた。……この沈黙もそういうことだと思いたい。

「さあ、では温かいうちにいただきましょう」

皆で「いただきます」と口にして、早速、俺は目の前にある料理を食べた。

懐石料理にも食べる順番などのマナーはあるが、テーブルには全ての料理が順番関係なく出揃っていた。昔みたいに泊まったらどうだ、という提案通り、当時のマナーなんて全く知らなかった俺でも楽しめるような雰囲気を作ってくれているのかもしれない。

まずはお吸い物を手に取り、口をつける。

「……この味」

「気づきましたか？」

お吸い物を一口飲んで驚く俺に、乙子さんが優しく微笑んだ。

「昔、貴方に振る舞った料理ですよ」

「……どうりで、懐かしい味だなと思いました」

乙子さんの気遣いを、お吸い物の優しい味と共に噛み締める。

「マネジメント・ゲームでは、娘が世話になっているようですね」

「いえ……俺はコンサルタントなので、それが仕事なだけですよ」

乙子さんもマネジメント・ゲームのことは知っているようだ。

成香から聞いているのだろう。

「伊月は凄いんだぞ！　二つ目の会社を始めたばかりだというのに、もう軌道に乗せているんだ！　私のクラスでも伊月に注目している人が増えている！」

「褒めてくれるのは嬉しいけど、切っ掛けは成香が作ってくれたようなものだぞ？　一つ目の仕事があのシマックスのコンサルだなんて、幸先がいいにもほどがあるし」

「何を言う！　それは伊月の普段の行いがいいからであって……」

「それを言うなら成香が……」

言い返そうとした時、ふと視線に気づく。

乙子さんが、微笑ましそうに俺たちのやり取りを静観していた。

「仲がよくていいことですね」

少し恥ずかしくなってきたので、俺は誤魔化すようにお茶を飲んだ。

成香も同じことをしている。

「成香。今のうちに言っておきますが、友成さんに依存しては駄目ですからね」

「は、はい……」

成香は反省している素振りを見せた。

別に、依存というほど頼られているわけではない気もするが……。

「友成さんもですよ」

「え？」

何のことだろう？

「成香の話を聞いた限り、貴方は今、周りに色んな女性がいるのでしょう？」

「いや……別に、女性に限った話ではないんですけど……」

大正とか北とか生野とか。

あれ、でも普段よく話しているのは、男子では大正だけか……？

「……女性ばっかりじゃないか」

成香の冷めた視線が突き刺さる。

「友成さんは昔から世話焼きなところがありますからね。それ自体はいいことですが、あんまり誰彼構わず面倒を見てしまうと……」

「……見てしまうと？」

乙子さんが、張り付けたような笑みを浮かべた。

「そのうち、背中から刺されますよ」

「ひえっ」

と、驚いてみたはいいが、流石にそれは乙子さんの考えすぎだろう。

そう思って成香の方を見たら、じっとりとした目で睨まれた。

…………おい、成香？

なんで否定してくれないんだ？

◆

夕食の後は、風呂へ案内された。

「いい風呂だなぁ……」

成香の家には大きな露天風呂があり、俺はそれを貸し切りで満喫していた。都会だから星は見えないが、それでも風呂の中から空が見えるのは不思議な気分だ。

食事といい風呂といい、高級な旅館に泊まっているかのような快適さである。子供の頃の俺は、きっとこの有り難みを理解できていなかったに違いない。

のんびり風呂に浸かっていると、脱衣所の方の扉が開いた。

見ると、そこには——。

「武蔵さん……」

「……お前か」

武蔵さんは俺の方を一瞥してから、すぐ身体を洗い出した。

それから、少し離れた位置で俺と同じように湯に浸かる。

……どうしよう。

普通に気まずい。

俺の方から話を振るべきだろうか？　でもいい話題が思いつかない……。

「……怖くないか？」

ふと、武蔵さんが訊いた。

唐突だったので反応が遅れた。そんな俺に、武蔵さんはもう一度問いかける。

「今の私は、怖くないか？」

その問いかけから、俺は武蔵さんなりの歩み寄りの気持ちを感じた。

武蔵さんも成香と同じく、誤解されやすいほどの強面である。しかも多分、成香よりも感情が表に出ない。……それでも、本性は優しい人なのだ。

「はい。もう大丈夫です」

「……それはよかった」

武蔵さんが微かに笑ったような気がした。

俺は普段マネジメント・ゲームで、企業のデータからその裏にある経営者の顔を見ているのだ。それと比べれば、武蔵さんの気質なんてあまりにも分かりやすい。

「お前には、言っておきたいことがある」

いつもの低い声で、武蔵さんは言った。

「成香のトラウマについては知っているな？」

「あ……はい。去年の競技大会の件ですよね」

「そうだ。成香は去年、競技大会で本気を出した結果、同級生から恐れられた。……流石にあの時は成香も酷く落ち込んだ。私や乙子の言葉も届かなかったほどだ」

そうだったのか……。

俺はその時の成香を見ていないからよく分からない。ただ、武蔵さんがここまで真剣に語るということは、きっと成香はかつてないほど苦しんでいたのだろう。

「だが私は、別に問題ないと心のどこかで思っていた。何故なら、その問題は私自身も経験したことがあり、そして歳を取るにつれて解決したからだ。……競技大会の後、お前にも言ったが、私も成香も誤解されやすい体質をしている。しかし結局、社会に出れば重視されるのは実力だ。その実力が明るみに出た時、私たちの誤解はおのずと解ける。だから成香が抱える問題は、今は気にする必要がないと思っていた」

俺は無言で首を縦に振る。

「しかし……そうではなかった」

武蔵さんの目に暗い色が灯る。

それはきっと、後悔だった。

「競技大会の日、私と乙子も成香の試合を観ていた。……決勝戦で、成香がわざと負けようとしていることに気づいた時、私たちは激しく後悔した。娘がそれほど追い詰められているとは思わなかったのだ」

きっと武蔵さんたちにとって、あの時の成香は自分の信念をねじ曲げているように見えたのだろう。俺にとってもそうだった。

元を辿れば、わざと負けるというやり方を成香に伝えてしまったのは俺だ。だから俺もあの時は激しく後悔した。

あんなことを、してほしかったわけじゃなかった。

「私はもっと娘に歩み寄るべきだった。そう自責した直後――お前の声が聞こえた」

決勝戦で、成香が負けそうになった時――。

あの時、俺は確かに叫んだ。

わざと負けて凡人に成り下がろうとしている成香に、これからも特別であってほしいと思った俺は、力一杯、成香にエゴをぶつけた。

――思いっきり、やっちまえ――っ!!

ひょっとしたら、人生で一番大きな声を出した瞬間かもしれない。

そうか、あの声は……武蔵さんたちにも届いていたのか。

「あの時の、お前の力強い言葉が……娘を正してくれた」

そう言って武蔵さんは立ち上がる。

そして、俺の方を向いて……深々と頭を下げた。

「ありがとう。お前は、成香だけではない……私たち家族の恩人だ」

それが、武蔵さんの言っておきたいことだったらしい。

華厳さんに勝るとも劣らないほど多忙だろうに……こうして俺との時間をわざわざ作ってくれて、こんなふうに面と向かって頭を下げるなんて。

それほど、成香のことを大切に思っているんだな。

いい親だと思う。…………少しだけ羨ましい。

「顔を上げてください」

武蔵さんが、ゆっくり顔を上げた。

「こんなことを言うと失礼かもしれませんけど……成香は俺の知り合いの中で、ぶっちぎりで惜しい奴なんです」

普段の成香を思い出す。

黙っていれば凛々しく見えるのに、口を開けば怖がられ……かと思いきや、親しい相手には臆病な一面を見せる。

そんな成香を思い出して、俺は少し笑ってしまった。

「もっと堂々としていれば、もっと自信を持つことができれば、きっと誰よりも立派になれるのに……あと一歩のところで足りない。そんな成香のことを、俺は応援するのが好きなんです。……成香が、最後の一歩を超える瞬間を見たくてたまらないんです」

だから、俺の目的は武蔵さんが思っているよりも単純なもので――。

「俺はただ、俺以外の皆にも、成香の凄いところを知ってもらいたい。……ただそれだけなんです」

「…………そうか」

これはほとんど俺の自己満足だった。

貴皇学院で成香と再会し、その境遇を知った時……俺は皆が知らない成香の魅力を、俺だけが知っているような気がした。

それはとても誇らしいし……ほんの少し、独占欲みたいなものもあったかもしれない。

でも、俺が独占するにはあまりにも勿体ないから、皆に知ってもらうべきだと思った。

（ああ……今なら、はっきり分かるな）

どうして俺は、成香を応援したいのか。

武蔵さんと話すことで、自分自身の気持ちをちゃんと自覚した。

俺にとって成香は――誰よりも頑張ってほしいお嬢様なのだ。

俺は、成香の成長が見たくてたまらないのだ。

誰よりも、将来が楽しみなお嬢様なのだ。

「……あれだな」

再び腰を下ろして湯に浸かった武蔵さんが、難しい顔で言う。

「お前には、少しでも長く成香の傍にいてもらいたいな」

「少しでも長く……ですか？」

「できれば卒業後も、あの子の隣にいてほしい」

それは——返答に窮する。

その未来をイメージできなかったわけではない。むしろイメージは鮮明に浮かんだ。きっと俺にとって、成香はいつまでも支え甲斐のある人なんだろう。

ただ、コンサルタントを目指すと決めたばかりの俺にとって、未来のイメージは以前と比べて複雑になりつつあった。取らぬ狸の皮算用だが、本格的にコンサルタントとして成功したなら、きっと俺は一人ではなく色んな人を支える仕事に熱中する気がする。

「無理は言わん。此花家だけでなく、天王寺家からも目をつけられているのだろう？」

「いえ、そんな……」

多少興味は持たれているかもしれないが……なんで知っているんだろう？

上流階級の情報網は、やっぱり底知れない。

「できるだけあの子を支えてやってくれ。それなら約束できるだろう？」

「……はい」

深く頷いた。言われなくても、俺は最初からそのつもりだ。

その時、ガラリと脱衣所の扉が開く音がした。

男湯の方ではない。となれば――。

（……成香か？）

もしくは乙子さんか。

都島家の露天風呂は男湯と女湯で分かれている。今更ながらだいぶ贅沢な家だ。まあ広さだけなら此花家の屋敷も同じくらいなんだけど。

しばらくシャワーの音が聞こえた後、ペタペタと足音が響いた。

「伊月、いるか？」

壁の向こうから、成香の声が聞こえた。

どうやら女風呂に入ってきたのは成香らしい。

「あ、ああ。いるぞ」

「そうか」

成香はいつもより微かに弾んだ声音で言った。

「ふふ……なんだか不思議な気分だな。この壁の向こうに伊月がいるのか」

ちゃぽん、と成香が湯に入る音が聞こえる。

確かに不思議な気分だが……。

(……頼む、あんまり生々しい話はしないでくれ)

今、俺の目の前には……武蔵さんがいるんだ……。

「……」

武蔵さんが無言でこちらを睨んでいた。

どうやら俺と成香がどんな会話をするのか気になっているらしい。

どうしよう…………凄く話しにくい。

「……そういえば昔、一緒にお風呂に入ったことがあったな」

「えっ⁉」

そうだっけ⁉

いや、そうだったとしても、このタイミングで思い出してほしくなかった！

「確か、駄菓子屋の帰りに大雨に降られて、二人ともビショビショになったから母上に風呂へ行ってこいと言われたんだ」

「…………」

「私は、駄菓子が雨のせいで食べられなくなって泣いていて……あんまりにもぐずっていたから、伊月が髪を洗ってくれたんだったな」

「そ、そう……だった、な……」

武蔵さんが、じっとこちらを見つめていた。

じっっっっっっっっっっっっっっっっと、見つめていた。

「あの時、母上は何故か『お父さんには内緒よ？』と言っていたが……あれはなんでだったんだろうか？」

俺が殺されるからじゃないだろうか。

どうしよう……風呂の中だというのに冷や汗が止まらない。

「流石に今は、あの時みたいに洗いっこはできないな」

「そ、そうだな。裸を見せるわけにもいかないし……」

だからもうこの話題は終わりにしよう。

そう思ったが――。

「裸か……覚悟はいるが、私は別に伊月が相手なら………」

やめろ、成香……！

　武蔵さんがめっちゃ睨んでるから……!!

「す、すまない！　変なことを言ってしまった！」

「き、気にするな！　ちゃんと冗談だと分かっているからな！」

「……別に、冗談というわけでは……」

「冗談だよな!!　な!!　な!?」

「え？　あ、そ、そう、だな……？」

　戻ってしまう！

　折角、武蔵さんと仲良くなれたのに……また気まずい関係に戻ってしまう!!

「な、なあ、伊月？　覚えているか？」

　成香は少し恥ずかしそうに問いかける。

「昔、私たちは、その……同じ部屋で寝ていただろう？」

「ああ……」

　それは俺も覚えている。

　風呂にせよ寝るにせよ、子供の頃の話だ。なので辛うじて致命傷を避けているが――。

「その……きょ、今日は、あの時みたいに……お、同じ部屋で、寝ないか？」

　武蔵さんが目を見開いた。

……俺は明日を迎えられるのだろうか。

寝るどころじゃない。この風呂から出られない可能性すら出てきた。

「へ、変な意味じゃないぞ！　私はただ、昔みたいに伊月と一緒に過ごしたいだけで……」

「い、いや、それは分かってるけど……」

武蔵さんが分かってるかはともかく……。

「……今でも、偶に思い描くんだ」

成香が小さな声で言う。

「伊月が此花さんのところではなく……私の家で暮らしていたかもしれない可能性を」

それは……きっと、有り得た世界だ。

全ての切っ掛けは、俺が雛子の誘拐現場に遭遇したこと。だが、もし俺があの現場にいなかったら、今頃どうなっていたか分からない。百合を頼っていたかもしれないし……ひょっとすると都島家の方から俺に声をかけてくれたかもしれない。武蔵さんとのいざこざが誤解であると発覚し、更に俺の母親はともかく俺自身はこうして歓迎してくれている今の都島家のことを考えると、充分有り得る可能性だ。

でも……。

「……今も悪くないと思うぞ」

仕切りの向こうにいる成香に俺は言う。

「もし俺が最初から成香と一緒だったら、貴皇学院で此花さんたちと話すことなんてなかったかもしれない」

「あ……」

「そしたら、成香の周りにある人間関係も、今とはだいぶ変わっていたはずだ」

多分、お茶会同盟はできていないだろう。

放課後の勉強会も、何もかもがなかったかもしれない。

「……そうだな」

成香の小さな声が聞こえてきた。

「伊月のおかげで、私は色んな人と出会えた。此花さんに、天王寺さんに、大正君に、旭さん……私は、皆と出会えて本当によかったと思っている」

きっと成香は俺だけでなく、雛子たちの影響も受けて少しずつ成長している。それを自覚さえすれば、間違っても思わないはずだ。そんな世界の方がよかったなんて。

前を向くことができた成香に安心していると、武蔵さんがこちらを見ていることに気づいた。武蔵さんは、安堵に胸を撫で下ろした様子で微笑み——。

「日常を大切に思うのはいいことだが——同じ部屋で寝ることは許さんからな」

立ち上がりながら、武蔵さんが言った。

「ち、父上⁉　い、いいいい、いつから、そこに……っ⁉」

「最初からだ」

武蔵さんがシャワーの方へ向かう。

その途中、一度だけ振り返った。

「友成伊月」

「は、はい」

武蔵さんの鋭い視線が、俺を貫く。

「…………くれぐれも、羽目は外さんようにな」

「…………肝に、銘じます」

何度も首を縦に振ると、武蔵さんが身体を洗い出した。

「うぁぁ……っ‼　ぜ、全部、聞かれて…………あぁぁあぁぁぁ〜〜〜っ⁉」

壁の向こうから、成香の恥ずかしそうな声が響いていた。

◆

翌朝。客室で起きた俺は、用意されていた甚平に着替えて部屋の外に出た。

「あら、伊月さん。おはようございます」

「乙子さん、おはようございます」

部屋を出ると乙子さんと遭遇する。乙子さんは花瓶を運んでいた。此花家だとそれは使用人の仕事だが、昨晩の料理といい、乙子さんはこういうのを自分でやるのが好きなのかもしれない。

「伊月さん。朝食の用意がもうできていますので、よろしければ成香を起こしに行ってもらってもいいですか？」

「え、俺がですか？」

「その方が成香も喜ぶと思いますので」

そうだろうか……？　と思いつつ、成香の部屋を教えてもらって向かうことにする。

襖の前で呼びかけても返事がないので、部屋にゆっくり入った。

「……寝てるな」

成香は布団を半分ほど蹴飛ばして寝ていた。

寝相はあんまりよくないらしい。……そういえば昔もこんな感じだったなと思い出す。

子供の頃は一緒の部屋で寝ていたこともあり、偶に俺が成香を起こしていた。

「成香、おはよう」

「んぁ……？」

何度か声をかけると、成香が目を覚ます。

「伊月……伊月だぁ………」

「お、おい、寝ぼけるな」

成香が起き上がってこちらに擦り寄ってきた。

まるで懐いている犬だ。

浴衣がはだけてちょっと際どくなっているので、目を逸らす。

「乙子さんが朝食の用意をしたから、居間に行くぞ」

「連れて行ってくれー……」

「分かったから、その前に顔を洗ってこい」

「洗ってくれー……」

雛子と同じようなことを言ってくる。

洗面所まで手を引いて連れて行き、顔を洗わせた。

まだ眠たそうな成香と共に、居間へ向かう。

「いただきましゅ……」

成香が両手を合わせ、もそもそと朝食を食べ始めた。

「成香は朝に強いはずですが……今日は貴方がいるから気が抜けているみたいですね」

「……そういえば、子供の頃は朝早くから道場で稽古していましたもんね」

本来、成香は朝に強いタイプだ。しかし今日は日曜日だし、偶にはこういう日があってもいいだろう。……隙あらばずっとだらだらしている雛子とはわけがちがう。

「成香。起きてるか？」

「ん……ああ、目が覚めてきた」

食事の手が止まっていたので声をかけたが、成香も目を覚ましてきたらしい。

「伊月、さっきは起こしてくれてありがとう」

「ああ」

「しかし、なんだか随分慣れている感じだったな。……まさか、普段も此花さんを起こしに行っているのか？」

しまった。早々にボロが出た。

「い、いや、あれは昔と同じことをしただけで、此花さんにはやってないぞ？」

「そうか。……まあ、此花さんは一人で起きられるだろうしな」

一人だと永遠に寝続けるけどな。

まだ眠たいのか、それ以上の追及はなかった。

「今日は日曜日でマネジメント・ゲームもできないし、何をやるんだ？」

「稽古だ、と言いたいところだが……最近は勉強を優先していてな。マネジメント・ゲームができない日曜日だからこそ、今日は授業の予習復習をしたいと思っている」

それは殊勝な心掛けだ。

「よし。じゃあ今日は俺も勉強を手伝うぞ」

「それは助かる！　私の部屋で一緒にやろう！」

成香はニコニコと嬉しそうな笑みを浮かべながら、お吸い物を平らげた。

◆

「むむむ……」

勉強を始めて、早くも半日が経過した。

徐々に集中力が切れてきたのか、成香は和室で机に向かいながら頭を悩ませる。

対面に座る俺は、参考書を見ながら成香のノートを確認した。

「あ、成香。そこ間違えてるぞ」

「む……どの部分だ？」

「この式だ。単純なケアレスミスだと思うけど……」

俺たちはマネジメント・ゲームだけでなく普段の学業もこなさねばならない。

今は二人とも、数学の予習をしていた。

「なるほど、こうか！」

「正解」

成香は前回の試験以降、予習と復習をしっかり行うよう心掛けていたらしい。この分なら次の試験は平均点くらいは取れそうだ。

「普段、此花さんともこんな感じなのか？」

「そうだな。大体こんな距離感だ」

雛子の場合、俺が勉強を教えることはないが。

「思ったよりも、近い関係なのだな」

やや不思議そうに成香は言った。

「私はもっと、伊月は執事みたいに働いていると思っていたぞ」

「執事なら本職の人がたくさんいるからな。俺はできるだけ傍にいて、此花さんの寂しさを埋める隣人みたいな役割というか……」

「此花さんは寂しいのか？」

「あ、いや、まあ……」

喋りすぎたかもしれない。

とはいえ、雛子の完璧なお嬢様というイメージは強固だ。きっとすぐに「そんなわけないか」と納得してくれると思ったが……。

「……そういえば、此花さんは幼い頃に母親を亡くしていたな」

成香は、雛子の寂しさに心当たりがあるような呟きを口にした。

それは俺も知っているが、俺はそれ以上のことを何も知らない。華厳さんも一度だけ話題にしたことはあるが、それ以降は話さないし、聞きづらい空気があった。

「此花さんも、ひょっとしたら何か抱えているのかもしれないな」

成香もそれ以上のことは知らないのか、複雑な表情を浮かべた。

「成香はどうだ？　人前で堂々としたいと言ってたけど、進展はあったか？」

「う……ぜ、全然だ」

その反応は正直予想していた。

「成香は本来なら、もっと堂々としていてもおかしくないんだけどな……」

以前、天王寺さんの父親に言われたことを思い出す。最初から緊張しない人間なんていないが、実績を積み上げることで少しずつ堂々と振る舞うことができるようになる。過去の行いに裏打ちされた自信は、決して揺らがない。

しかしそれなら成香はもうとっくに自信を持っていてもおかしくないのだ。なにせ特定の分野とはいえ、あの雛子を凌駕しているものがあるんだから。

「成香って、剣道の段位は持っているのか？」

「ああ。剣道三段、柔道二段だ」

ちゃんと客観的な成果も持っているらしい。

段位には詳しくないのでパソコンで調べてみると、どちらも凄い実績だった。剣道三段は高校生で取得できる最高の段位で、柔道二段はなんとインターハイ優勝レベルである。

「……なんでそんな凄いのに、堂々とできないんだ？」

「い、いや、段位は必ずしも実力と直結するわけではないんだ。高校生では取れる段位も限られるし、それに大人の選手と比べると私はやはり未熟だ」

大人の選手って、プロと比べているのか……？

視野が広すぎる。……いや、でも成香は国内最大手のスポーツ用品店の娘だ。きっと日頃からプロのスポーツ選手を見て、目が肥えているのだろう。

「……なんでもいいから、自信をつけてみるか」

「え？」

「今から成香のことを褒めまくるから、自信がついたら言ってくれ」

きょとん、と成香は目を丸くした。

自分で自分を褒められないなら、他人に褒められるしかない。そう思っての考えだ。

というわけで俺は、日頃から感じていた成香の凄いところを語り出す。

「スポーツ万能」

「お、おぉ……」

「黙っていれば凜々しくてかっこいい」

「おぉ……！」

「しかも謙虚で高飛車にならない」

「おぉぉ……っ！」

「責任感がある。向上心がある。根性もある。絶対に人を傷つけない。相手の気持ちをよく考える。根は真面目。義理堅い。意外と教えるのも上手。あと達筆──」

思いつくかぎりの長所を片っ端から口に出す。

どうだろう。これで少しは自信がついただろうか……？

「え、えへへ……えへへへへへへへ……っ!!」

成香はかつてないほどだらしない笑顔(えがお)になっていた。

堂々とするどころか、今にも溶(と)け出しそうなくらいふにゃふにゃになっている。

これは……上手(うま)くいっているのだろうか？

「どうだ？　自信はついたか？」

「ああ！　今ならなんでもできるぞ！」

「よし。じゃあ早速(さっそく)、此花さんに電話してみよう」

「えっ!?」

スマートフォンを操作して、成香の方に向ける。

「夜の八時くらいに俺が帰ることを代わりに伝えてくれ」

「わ、わわわ、分かった……!!」

敢(あ)えて緊張感を出すために、俺は真顔で成香を見守った。

成香は静かに深呼吸して、口を開く。

「こ、此花さん……ごんにぢわ」

駄目(だめ)だこれ。

なんてドスの利(き)いた声を出すんだ。任侠(にんきょう)ものの映画じゃないんだぞ。

「まだ難しいか……」

「う……あ、あれ？　伊月、此花さんの返事が聞こえないぞ？」

「電話は嘘だ」

成香の成長を確かめるために、電話を繋げたフリだけしたのだ。

成香はシュンと落ち込んだ。

「……面倒をかけてすまない。伊月にはいつも引っ張ってもらっているのに、私は昔から失敗ばかりだ」

そんな謝罪を聞いて、俺は少し首を傾げた。

「成香は、自分が他の人よりもたくさん失敗してると思ってないか？」

「え……？　あ、ああ、そう思ってるが……」

「成香が失敗をたくさん経験するのは、自分の弱さと真っ直ぐ向き合っている証拠だ。普通は、そこまで自分の弱さを克服しようとは思わないから、失敗もしない。…成香の失敗は努力している証拠だと思うぞ」

挑戦に失敗はつきものだ。

成香は人一倍、挑戦しているのだから失敗の数も多い。

「前も言ったけど、俺はそれが分かっているから、成香の姿を見ているとやる気を貰えるんだ。……だから面倒をかけるなんて言わないでくれ。俺は俺で、成香に引っ張ってもらっているんだから」

幼い頃は、俺がひたすら成香の手を引っ張っていた気がする。

けれどこの学院に来て、俺は何度も成香の存在に背中を押されていた。

いつの間にか——俺が成香に手を引かれることが多くなっていた。

「伊月ぃ……う、ううう……」

成香は両目に涙を溜め、擦り寄ってきた。

「一生、ここに泊まってくれぇ～……」

「お、おい……」

「此花さんのところに行かないでくれぇ～～……この通りだぁ～……」

無茶言うな……。

でも、そこまで思ってくれるのは、やっぱり嬉しい。

その時、襖が静かに開く。

現れたのは——。

「乙子さん？」

「勉強中失礼します。……成香。そろそろ準備した方がいいんじゃありませんか？」

「あ、そうだった！」

成香は素早く立ち上がる。……何のことだろうか？

「では伊月さん。今から貴方を別室に案内させていただきます」

「？　はい」

よく分からないが、乙子さんの案内に従う。

そんな俺を他所に、成香は早足でどこかへ向かって行った。

◆

しばらくそちらでお待ちください、と言って乙子さんは部屋から出た。

俺が案内された部屋。そこはいわゆる……。

（……茶室、だよな？）

四畳半の狭い和室だった。中心には炉があり、壁には下地窓がある。

多分、壁は土でできており、柱は丸太でできていた。天然素材で統一しているが質素には感じない。……これほど上質な侘び寂びを感じたのは初めてだ。豪華な置物が傍にあるわけではないが、代わりに豪華な置物の中にいるような緊張感を覚える。

「伊月。待たせたな」

　小さな出入り口から、成香が茶室に入ってくる。

「成香。その格好は……」

「正式な衣装だ。茶道のな」

　成香は銀杏を彷彿とさせるような、金茶色の着物を着こなしていた。

　色無地だが、よく見れば薄らと光沢のある地紋が浮きあがり、奥ゆかしさと華やかさが見事に調和している。普段は長く垂らしている髪も今は着物にかからないよう短くまとめており、いつもより大人らしい印象を受けた。

「季節感を出すために、この色にしてみたんだ。似合うか？」

「…………ああ。凄く、似合う」

　見惚れていたのでつい返事が遅れてしまった。

　成香は白い足袋をはいた足で、優しく、音を立てないよう畳みの上を歩く。正面を横切った成香の姿が、あまりにも美しくて思わず目で追ってしまった。

「元々伊月をこの家に呼んだのは、日頃のお礼がしたかったからだ。この前もマネジメント・ゲームで助けてもらったしな。何かいいお礼ができないか母上と相談した結果、これに行き着いたんだ」

「そういうことか」

どうやらこれは成香なりのお礼らしい。

なかなか嬉しいサプライズをしてくれる。

「成香は昔から茶道をやっていたのか？」

「ああ。都島家は武道だけでなく、華道や舞踊、茶道にも造詣が深い。そういう教室も開いているしな。私も幼い頃から練習していたんだ」

華道や舞踊まで学んでいるのか。

俺が思っているよりも、成香は多芸なのかもしれない。

「だから……これなら私も落ち着いて、披露できる」

成香は、あらかじめお湯で温めていた茶碗の中に、茶杓で取った抹茶を入れる。ダマにならないよう抹茶を軽く崩した後、緩やかにお湯を入れた。着物の袖を軽く揺らしながら茶筅を手に取って、茶碗の中身を素早く混ぜる。

一つ一つの動作がとても洗練されていた。ゆっくりだが迷いはなく、見ているだけでなんだか心が穏やかになってくる。風流とは、この光景を表わす言葉なのだろう。

正座しながら、成香が茶を点てる姿を見つめる。

やっぱり、こうして黙っていると……。

（……成香って、本当に美人だな）

学院ではなかなか見られない、落ち着いた表情だった。普段の困惑している顔とも、スポーツをしている時の気合の入った顔ともまた違う。

俺は今、成香の新しい一面を見ている気がした。

やがてお茶が完成すると、成香がゆっくり茶碗を俺に差し出す。その際、茶碗を半回転させて側面の絵柄が俺に見えるようにした。

丁寧にお辞儀した成香に対し、お茶を受け取った俺は……。

「お点前、頂戴いたします」

こちらも丁寧にお辞儀すると、成香が目を丸くする。

「凄いな。茶道のマナーも知っているのか」

「一応、知識だけは叩き込まれてな」

茶碗を半回転させ、絵柄を成香の方に見せながら言う。

俺の服装は甚平のままだし、夕食が近いからだろう、お菓子も出てこなかったため、本当の手順とは少し違う。ただ、茶を点ててからの成香のマナーが完璧だったので、俺も応えたくなったのだ。

「……此花家の教育は手広いな。此花さんが優秀なのも納得だ」

確かに改めて思うと、此花家の教育に関するノウハウは非常にレベルが高い。ちょっと前まではただの苦学生だった俺が、今ではこんなに現場で通用するようになったのだ。本とか出したら儲かりそうだ。此花家監修・マナー大全みたいな。

茶碗を傾け、成香が点ててくれたお茶を飲む。

「……美味しいな」

「それはよかった」

奥深い苦みの中に仄かな甘みを感じる。上手にお茶を点ててくれた証拠だ。

「まさか、成香からこんな貴重なおもてなしをしてもらえるとはな」

「ふふん……私にだって得意なことはあるんだぞ」

「それは知ってる」

全部知っているつもりだったのに、まだ知らないことがあったから驚いているのだ。

「成香にこんな特技があるなんてな。……正直、見惚れたよ」

「み、見惚……っ!? そ、そこまでなのか……!?」

「ああ。此花さんたちも見たらきっと驚くと思うぞ」

手厳しい評価をしがちな天王寺さんですら、間違いなく百点満点を出す。

「あとは、こういう態度を人前でもできたら完璧なんだけどなぁ……」

「それは、私も常々思っているんだぁ……っ！」

自覚はとてもあるようだった。

「とはいえ別に、誰に対しても俺と同じように関わる必要はないからな」

「そ、それは分かってる。私だって別に、皆に見せたい顔もあれば、伊月にだけ見せたい顔もあるからな。……私にとって伊月は、特別だし」

最後にボソリと、きっと独り言のつもりで呟いたのだろうが……聞こえてしまった。

特別。成香の口からその言葉が出る度に、俺はどうしても競技大会でのことを思い出してしまう。

……訊きたい。

その特別は、どういう意味なんだ……？

（……いやいや。今は考えちゃ駄目だって決めただろ）

成香とサッカーボールで遊んでいた時にそう決めたはずだ。

マネジメント・ゲームの忙しさが落ち着くまで……そして成香の人間関係が安定するまでは、何も考えないようにする。

俺は、成香に頑張ってほしいと思っている。

頑張ってほしいからこそ、今は余計な混乱を与えたくない。

「……まあ、俺だけが成香のこういう姿を見られるって考えると、それはそれで誇らしいけどな」

色々考え込んでいたせいか、俺の口からぽろっと本音が出る。

すると成香は、驚いた様子でこちらを見た。

「そ、それはつまり、伊月は私に……ど、独占欲を、感じてくれているということか？」

信じられないと言わんばかりの表情で成香は訊いた。

そんな成香の真っ直ぐな瞳を見て、俺は……。

「……さぁな」

「あっ⁉ な、なんで誤魔化すんだ……‼」

返事はしない。

俺だって、恥ずかしくて言いたくないことくらいあるのだ。

◆

勉強したり雑談したりしているうちに、時間はあっという間に過ぎていった。

縁側で夕焼けを眺めながら、俺はスマートフォンで時間を確認する。

（そろそろ、帰る時間か……）

視線を落とすと、成香の安心しきった寝顔が目に入った。

喋り疲れたのか、成香は俺の膝を枕にして寝ている。別にそれは構わないが……ちょっと足が痺れてきた。

「成香。足が痺れてきたんだけど……」

「……むにゃ」

頬を突いてみるが、まるで起きない。

仕方ない。限界まで我慢しよう。

「気持ちよさそうに寝ていますね」

唐突に背後から声をかけられた。

「……乙子さん」

乙子さんは、成香を起こさないようそっと俺の隣に腰を下ろす。

「学院生活は順調ですか？」

「はい。まあ、大変ですけど……」

「貴方なら大丈夫ですよ」

苦笑いする俺を、乙子さんは真っ直ぐ見つめて言う。

「遠いとはいえ、貴方は都島家の血を継いでいます。成香は貴方の活躍に驚いていましたが、私は最初から貴方がこうなることを予見していました」

「そう、なんですか……？」

乙子さんは小さく頷いた。

「貴方の祖母……都島遊里は、とても賢かったそうです。特に経営に関しては抜きん出て優秀で、当時珍しかった女社長になる可能性すらありました」

初耳だった。

俺の祖母は、そんなに凄い人だったのか。

「ただ、本人はとても自由な性格で、頻繁に家出していたとか。そしてある日、当時のライバル企業の跡取り息子との間に子供を作ってしまい、それを機に勘当されたそうです」

「そんなことが……」

昔と今ではきっと価値観も違うだろう。しかし、少なくとも当時の都島家の人たちにとって、俺の祖母は到底許されないことをしたらしい。

「都島遊里は、経営に対して口出しする際も、大胆な発想を持ち込む人だったと記録にあります。その大胆さは、貴方の母親にも通ずるところがありますね」

俺はぎこちなく笑った。

俺が幼い頃にこの家で世話になった時、母は乙子さんたちに「勘当されたのは祖母であって私ではない！」と言って強引に駆け込んだそうだ。それでせめてこの家でまっとうに働くかと思いきや、俺を放置して競馬にばかり行って……色んな意味で大胆な人である。

……よかった。

祖母が、犯罪者とかそういうわけではなくて。

母があんな調子だから、正直祖母もとんでもない理由で勘当されたんじゃないかと疑っていた。駆け落ちで勘当というなら、俺の中ではギリギリの許容範囲だ。

「これをどうぞ」

乙子さんが大きな巻物のようなものを俺に渡した。

「これは……？」

「都島五箇条です」

「都島五箇条」

思わず復唱してしまった。

なんだそれ。

「家訓を記した掛け軸です。まだ予備がたくさんありますから一つお譲りします。……貴方の中にある都島家の血が目覚めた以上、これを持つ資格はあるでしょう」

受け取った掛け軸を早速開ける。

上等そうな紙に、達筆で文章が書かれていた。


『都島五箇条』
一、義を貫く社風であるべし。
二、会見を恐れるべからず。
三、総会屋は斬ってよし。
四、株主と客への礼を忘れるべからず。
五、小さきものは救うべし。

「……な、なかなか、深いですね」

「都島家は元を辿れば武士の血筋なので、会社を設立した後も武士道の精神で経営していました。なので、この五箇条には武士道と近いものがありますね」

そうなのか……。

よく見れば二つ目の家訓は、成香が以前言っていたものだ。成香も一応、これを見て育っているらしい。

「……ありがとうございます。受け取ります」

「ええ」

礼をする俺を、乙子さんは真っ直ぐ見据えた。

「都島遊里……都島家きっての経営の天才。その孫である貴方が、経営の才能に目覚めるのは必然でした」

神妙な面持ちでそう言った後、乙子さんは肩の力を抜く。

「これからも、娘と一緒にいてあげてくださいね」

「……はい」

◆

その後、都島家で夕食をご馳走になった俺は、此花家の屋敷に戻ってきた。

時刻は午後八時。軽く授業の予習復習をする時間もあるし、成香のおかげでこの二日間は丁度いい息抜きができた。

「……あれ？」

車が門の前で止まると、二人分の人影が見えた。

雛子と静音さんが、わざわざ出迎えてくれている。

俺は車を降りてすぐに二人のもとへ向かった。

「ただ今戻りました」

「ええ、おかえりなさい」

軽く頭を下げる静音さんの隣で、雛子がこちらを見る。

理由は分からないが、雛子はドレスを着ていた。普段使いもできるような、派手なものではないが、それでもいつもよりおめかししている。いつも屋敷にいる時はリラックスできそうな服を好んでいるのに……。

「伊月……おかえり」

「ただいま、雛子。……その服は？」

「別に……いつも通りだけど」

いや、そんなわけないが……。

何故こんな夜にお洒落をしているのだろう。気になったが、答えてくれないのでひとまず追及はしないでおく。

「部屋に寄っていいか？　荷物を置きたくて」

「……ついてく」

雛子が小さく頷いた。

「荷物というのは、その鞄からはみ出ている巻物のようなものですか？」

「はい。中身は都島五箇条です」

「都島五箇条」

なんだそれ、と言わんばかりの怪訝な面持ちで静音さんは復唱した。

気持ちは凄く分かる。

取り敢えず部屋へ向かうが、雛子がついて来るので静音さんもついて来た。

三人固まって移動しながら……雛子の方を見る。

「なんか、いつもより近くないか？」

「……そんなことない」

雛子は肌が触れ合うくらいの距離まで俺に近づいて言った。

階段を上るペースが微妙に違ったのか、雛子と一歩分の距離が空く。すると雛子は一瞬だけ早足になってまた肌が触れる距離まで近づいてきた。

……なんだこれ。

「大目に見てあげてください。お嬢様は、伊月さんがもう帰ってこないかもしれないと心配していたんですよ。普段よりおめかししているのも、伊月さんの気を引くためです」

「し、静音……!?　なんで全部言うの……!?」

「口が滑りました」

絶対、故意である。

「えっと……服、似合ってるぞ」

「………………ん」

雛子は恥ずかしそうに視線を下げた。

部屋に到着したので、鞄の中に入れた荷物を整理した。宿泊用の着替えは洗濯してもらったのでタンスに入れるだけでいい。ノートパソコンと教科書は机の上に置く。

荷物を片付け終えたところで、雛子が俺に近づいた。

「……膝」

「え？」

「膝……貸して」

雛子がベッドに腰を下ろしながら隣をとんとんと叩くので、俺は隣に座る。

雛子が俺の膝に頭を乗せた。

ふぅ、と小さく吐息を零す雛子を見て、俺は雛子が安心したのだと気づいた。

本当に、俺が帰ってこないかもしれないと心配していたみたいだ。たった一日だし、そんなに不安を残すような別れ方はしなかったはずだが……。

「信じていても不安になることはあるんですよ。気持ちが強ければ尚のこと……」

俺の心境を察してか、静音さんが言う。

その言葉を聞いて、俺は雛子の髪を軽く撫でた。

「……帰ってくるよ」

ちゃんと言葉にして伝える。

武蔵さんと話した時、俺はこんな親がいて羨ましいなと思った。

でも俺は知っていた。こうして俺の帰りを待ってくれる人がいることを……。

だから別に劣等感は抱いていなかったのだ。成香の両親や家に感動はしても、俺は自分の帰るべき場所だけは決めている。

「どこに行っても、ちゃんと帰ってくる。俺の居場所はここなんだから」

ここが俺の帰るべき場所であることに、俺は満足している。

雛子は俺の膝に頭を乗せたまま、小さく「ん」と声を発し……、

「……なら、よし」

そう言って、一分もしないうちに雛子は眠った。

成香の時とはまた違った感覚がある。……これが俺の日常なんだなと感じる。

「伊月さん。よろしければお嬢様を運びましょうか？」

「……いえ、もう少しこのままでも大丈夫です」

この後は授業の予習復習をするつもりだったが……ちょっとくらい気を抜いてもいいだろう。マネジメント・ゲームも次の一週間で終わりだが、今のところお茶会同盟の皆は俺を含めて何かに困っているわけではない。

そんなふうに思っていたから——この時の俺は、考えもしなかった。

次の日、雛子があんな目に遭うなんて。

四章◆黒子にして黒幕

月曜日。チャイムが鳴り、六限目の授業が終わったところで俺は軽く欠伸した。

（今日の授業も、これで終わりか……）

となれば、ここからは――マネジメント・ゲームの時間だ。

マネジメント・ゲームは今週の金曜日で終わる。一ヶ月半にも及ぶ長いゲームのはずだが、終始必死に取り組んでいたせいか、俺にとっては短く感じた。

流石に残り一週間となれば、誰でもやる気を燃やすものだ。ＨＲが終わった後もクラスメイトたちは教室をすぐには出ず、その半数が机の上にノートパソコンを置いてマネジメント・ゲームでの作業を始めた。

しかし……何やら様子がおかしい。

「え？」

「嘘だろ……？」

「これって……」

パソコンを開いたクラスメイトたちが、次々と眉間(みけん)に皺(しわ)を寄せる。

（……なんだ？　マネジメント・ゲームで何かあったのか？）

深刻な空気を感じ、俺もすぐにノートパソコンを開いた。

ゲームにログインした俺は、いつもの流れで無意識にニュースをチェックする。

「…………ん？」

マネジメント・ゲームのニュース欄(らん)。

そこに、目を疑うようなトピックが二つ並んでいた。

――此花(このはな)自動車株式会社で、大規模なリコール隠(かく)しが発覚しました。

――天王寺(てんのうじ)ファーマ株式会社で、粉飾(ふんしょく)決算が発覚しました。

「……っ⁉」

驚きのあまり、思わず立ち上がってしまう。

そんな馬鹿な……。

雛子(ひなこ)の会社と天王寺さんの会社で、不祥事が発生した――？

「こ、此花さん！」

いてもたってもいられず、雛子に声をかける。

丁度、雛子は隣の席に座る女子生徒から事情を説明されていた。見せられたノートパソコンの画面を凝視した後、雛子は静かに教室を見渡す。

「皆さん、心配なさらないでください。私は大丈夫ですから」

眉一つ動かさない、いつも通りの落ち着いた雛子だった。

しかし、こればかりは……いくら雛子が完璧なお嬢様を演じたとしても、クラスメイトたちの困惑は拭えない。

「失礼しますわ」

その時、よく目立つ金髪縦ロールの少女が、俺たちの教室に入ってきた。

「天王寺さん……」

「急遽、お茶会を開きますわ」

天王寺さんは、俺と、大正、旭さん……そして最後に雛子を見て言う。

「貴女も来ますわね、此花雛子」

「……はい」

雛子が静かに首を縦に振る。

かくして——緊急のお茶会が始まった。

◆

　この緊急事態について皆も集まって話したいと思っていたのか、お茶会は突発的に始まったにも拘わらず全員が出席した。

　緊迫した空気が立ち込める中……天王寺さんが、紅茶を一口飲んでから溜息を吐く。

「まったく……最後の最後にとんでもない無茶振りをされましたわね」

　そう告げる天王寺さんの態度に、俺は首を傾げた。

　とても困っているに違いはないが……なんというか、動揺はしていない。

「天王寺さん……落ち着いていますね」

「慌てても仕方ありませんわ。それに、わたくしたちの落ち度ではありませんもの」

　天王寺さんの、落ち度ではない……？

「これは学院のイベントですわ」

　天王寺さんがこちらを見て言う。

「ほら、少し前にもあったでしょう。ネット通販大手のアマゾネスが、物流業界に参入した件。あれと同じですわ」

確かにあった。

あの時、大正は俺に説明した。ゲームが膠着してくると、学院側が特殊なイベントを用意することがあると。

「……友成さん。まさか、わたくしがこんなヘマをすると思いましたの？」

「い、いや、有り得ないとは思いましたけど……」

でもニュースになっているわけだし、完全に否定していたかと訊かれれば嘘になる。

「此花雛子。念のため訊きますが、貴女もイベントですわよね？」

「はい。たった今、そのような通知が来ました」

雛子がパソコンのモニターを見ながら頷く。

「そうか……イベントだったんですね」

二人の落ち着いた態度を見て、俺は安堵した。

冷静に考えたら、あの雛子がこんな大きな失態をするとは考えにくい。家ではぐうたらな感じだが、一度スイッチが入ると全校生徒を騙せるほどの完璧なお嬢様を演じられるのだ。しかも実務能力に関しては華厳さんのお墨付きである。

しかし――。

「……あまり安心していられませんわよ」

天王寺さんは、神妙な面持ちで呟く。

「過去、このイベントを上手く処理できなかった生徒は、二学期の成績が著しく下がったと聞きます。恐らく、マネジメント・ゲームの採点が最低点になったのでしょう」

「最低点って……そんなに厳しいんですか？」

「処理できて当たり前だと思われているのですわ」

淡々と、天王寺さんは答える。

「友成さんも察していると思いますが、マネジメント・ゲームのパワーバランスは現実と限りなく近いのですわ。それゆえ、家柄がいいと最初からずっと順調に進めることができますの。……その不公平感を正すためのイベントがこれなのですわ」

そういうことか……。

何故、雛子と天王寺さんが今回のイベントのターゲットに選ばれたのか。……それは二人とも、最初からレベル百の状態でゲームに臨んでいたからだ。

此花グループと天王寺グループは、最初からその規模が非常に大きく、俺たち同級生が束になったところで手も足も出ない資金力を持っていた。言うなれば、この二人だけは最初からレベル百でゲームを進めており、初期パラメーターのまま無双できたのだ。

だから学院側は特別なイベントを用意した。

レベル百のプレイヤーに相応しい、難題を――。

「にしても、今回のイベントはちょっと厳しすぎねぇか？　アマゾネスの件の当事者だった俺でも、この仕打ちにはちょっと引くぞ」

「アタシもそう思う。これって例年のイベントと比べても、かなり難しめだよね」

大正と旭さんが深刻そうに言う。

「毎年のように、わたくしや此花雛子のような生徒がいるわけではありませんからね」

天王寺さんの言う通りだ。

此花グループと天王寺グループは、どちらも国内でトップを争う企業グループ。その娘が二人も在籍している俺たちの学年は、ひょっとすると異例なのかもしれない。

異例の世代には、異例の課題を。

それが、貴皇学院が出した答えなのだろう。

「とはいえ、わたくしはM&Aなどリスクのある経営を積極的に行っていましたので、此花雛子と比べるとまだ簡単なイベントですわ」

天王寺さんはレベル百にも拘わらず、積極的にリスクある選択をしてきた。言うなれば自ら課題を作って解決してきたため、イベントの難易度が調整されているらしい。

「例年の基準ですと、都島さんもイベントのターゲットにされてもおかしくありませんでしたが……恐らくわたくしと同じ理由で外されていますわね」

「……そうだな。私もターゲットにされるかもしれないとは思っていたが、このタイミングで何もないなら外されているのだろう」

成香もイベントの発生条件については事前に知っていたらしい。

成香の場合、天王寺さんと違って買収合併を主とした経営はしていないが、立て続けに新しい製品を生み出すという経営を行っている。これはこれで勇気ある経営だ。学院側も適切な課題をこなしていると判断したのだろう。

「ん……？　あれ……もしかして……」

「どうしたの、都島さん？」

何か引っ掛かる様子を見せる成香に、旭さんが訊いた。

「あ、いや……そういえばマネジメント・ゲームが始まったばかりの頃、何故か海外の競合他社から製品を真似され続けたことがあって……不自然だなと思いつつも、気にせずに経営していたら、いつの間にか相手が経営破綻していてな。……今思えば、あれがイベントだったんだろうか……？」

全員、無言で成香を見つめた。

お前………。

それは、あれか。オーダーメイドのランニングシューズとか、コンプレッションウェアを開発していた時のことか。

話を聞く限り、多分、海外の競合他社はシマックスの製品を真似し続けてシェアを奪おうとしたのだろう。勿論、高値で真似する意味はないから価格は安くして。しかし成香の発想力は、そんな競合他社をあっさり出し抜いたわけだ。ランニングシューズやコンプレッションウェアなど更なる新製品を次々と開発してブランドの存在感を保ち続けたシマックスに、競合他社はシェアを奪うことができず潰れてしまった。

多分それは……イベントである。

シマックスに楯突く人間が、この学院にいるとは思えない。

「……わたくし、マネジメント・ゲームが始まってから、都島さんが一番大物かもしれないと思うことが増えましたわ」

「え、え？　なんだ？　何か変なことをしたのか、私は……？」

また何かやっちゃいましたか？　と言わんばかりに成香は困惑した。

やっちゃってるよ……お前は昔からずっと。

「此花雛子。貴女は大丈夫ですの？」

天王寺さんが雛子の方を見る。

雛子は視線を少し下げた。

「大丈夫と言いたいところですが……此花自動車は、私のグループでもかなり規模のある会社です。この会社を立て直すには少しばかり時間がかかります。もしかすると、皆さんの手をお借りするかもしれません」

お嬢様モードの雛子にしては、珍しく弱音を吐いた。

というより、この状況は流石に弱音を吐かない方がおかしいのだろう。

「二人とも、俺でよければなんでも力になるぜ！」

「アタシも！　協力するよ！」

大正と旭さんが頼もしい発言をする。

成香も少し遅れてから二人に賛同するかのように、ぶんぶんと首を縦に振った。

「お気持ちは嬉しいですが、わたくしに関しては大丈夫ですわ」

天王寺さんが落ち着いた様子で紅茶を飲んで言う。

その背後から、一人の女子生徒が歩み寄った。

「すみません、遅れました」

「いえ、ベストなタイミングですわ」

カップをテーブルに置き、天王寺さんは俺たちを見る。

「今回のイベントに対して……わたくしは、住之江さんと二人で挑ませてもらいますわ」

天王寺さんの背後に佇む少女、住之江さんは静かに頭を下げた。

どうやら天王寺さんは先んじて助っ人を用意していたらしい。

「住之江さんの実力は皆さんもご存知だと思います。それに住之江さんは、何故かわたくしの会社にも詳しかったので、お声がけしたのですわ」

何故だろうなぁ……。

不思議に思いながら住之江さんの方を見ると、キッと睨まれた。

何も言うな。目がそう訴えている。

「そっか。まあ住之江さんがいるなら安心だね」

「うふふ……ありがとうございます」

旭さんの言葉に、住之江さんは柔らかく微笑んだ。

「住之江さん、頼りにしていますわよ」

「はぅん……っ」

「？　住之江さん、何か仰いまして？」

「い、いえ……何も」

住之江さんは微かに頬を赤らめつつ、誤魔化した。

――本当に大丈夫だろうな……？

――大丈夫ですよ、失敬ですね……。

俺たちは視線だけで会話する。

「では、時間も余裕がありませんし、本日はこれで解散にしましょう」

天王寺さんがそう言って立ち上がる。

「住之江さん。ひとまず今日は状況の把握に努めたいと思いますわ。打ち合わせなどは明日から始めましょう」

「分かりました」

天王寺さんはバタバタと忙しない様子でカフェを出て行き、校門の方へ向かった。

雛子と比べるとマシとは言っていたが、粉飾決算は大きな問題である。お茶会の最中は優雅に振る舞っていたが、内心では焦燥しているに違いない。

「此花さん！」

カフェの入り口辺りから声が聞こえた。

「あの、私たち……」

「何か力になれるかもしれないと思って……！」

丁度、お茶会が終わるタイミングを遠くから見計らっていたのか、雛子を慕う生徒たちが集まってきた。

「……ありがとうございます。是非、お話を窺ってもよろしいですか？」

「は、はい！」

普段なら大抵のことは一人で難なくこなしてしまう……そんなイメージを保っている雛子だが、今回ばかりは猫の手も借りたい。

集まった生徒たちと共に、雛子はカフェを出て行った。

「俺たちも行くか」

「そうだね！」

大正と旭さんも群衆に混ざる。

俺もついて行こうか悩んだが……その前に、ここに残ったもう一人の人物を見た。

「……えっと、住之江さんはどうします？」

「あら、敗者である私に声をかけてくださるなんて。友成さんはお優しいですね」

「敗者って……」

その言い方は反応に困るのでやめてほしい。

「それより、貴方はもっと危機感を持った方がいいのではありませんか？」

危機感？

首を傾げる俺に、住之江さんはドヤ顔で指を向けてきた。

「天王寺様は私を選んでくださいました。つまり——いざという時に頼りになるのは、貴方ではなく私ということです！」

「な——っ⁉」

そ、そう言われると……そんな気がしてきた。

雛子も天王寺さんも今は企業の立て直しを問われていた。こういう状況で役立つ職業こそがコンサルタントである。しかし天王寺さんは、俺には声をかけてくれなかった。

まさか、そんな……住之江さんの言う通りなんだろうか……？

なんて思っていると、ポケットに入れていたスマートフォンが振動する。

「……あ、天王寺さんから電話だ」

「っ⁉」

馬鹿な⁉　と言わんばかりに住之江さんが驚いたが、電話くらいするだろう。

ちょっと気味がいい。

『友成さん。今、大丈夫ですか？』

「はい。さっき別れたばかりですけど、どうしました？」

『いえ……大したことではありませんが、一応伝えておこうかと思いまして』

やや言いにくそうに、天王寺さんは言った。

『今回のイベントは、わたくしよりも此花雛子の方が切迫していますわ。なので、友成さんにはなるべく此花雛子を支えてもらいたいんですの』

天王寺さんは続ける。

『本音を言えばわたくしが貴方に頼りたかったのですが、お茶会同盟の結成を提案したわたくしには、同盟の皆さんがよりよい結果を迎えるよう立ち回る義務がありますわ。ですから、その……決して、貴方が頼りにならないわけではありませんわよ！』

そんなの全く気にしていないのに……優しい人だ。

そして義理堅い人でもある。自分にとっての最善手ではなく、同盟にとっての最善手まで考えてくれているとは。

「お気遣いいただきありがとうございます。……いざという時は力になりますので、なんでも言ってくださいね」

『ええ。……此花雛子のことは任せましたわよ』

そう言って天王寺さんは電話を切った。

俺はスマートフォンをポケットに仕舞い……住之江さんの方を見る。

「な、なんですか、その嬉しそうな顔は……？」

「いえ。天王寺さんの深い考えを聞いて、改めて凄い人だなぁと思いまして」

「な、何を聞いたんですか！」

「さぁ？　天王寺さんに直接訊いたらいいんじゃないですか？」

「こ、この……！　教えてくださいよ、頭下げますから……っ！」

そんなことしなくていいから自分で訊けばいいのに……と思ったが、多分まだ緊張して上手く話せないんだろう。

顔を真っ赤にしながら頭を下げる住之江さんを傍目に、俺はのんびり紅茶を飲んだ。

いやぁ、貴皇学院の紅茶は美味しいなぁ。

◆

雛子が同級生たちとの会話を終わらせたのは、午後六時のことだった。

家に帰った雛子は、ふらふらと覚束無い足取りで自分の部屋へ向かう。

俺は自室に荷物を置いた後、着替えもせずにすぐ雛子の部屋に移動した。

「雛子」

雛子は机に突っ伏していた。

「お疲れ。大丈夫か？」

「ん……疲れたけど、今はやるしかない」

のそり、と上半身を起こして雛子はパソコンを開く。

本当なら今すぐベッドに飛び込みたいのだろうが、今はそれもままならない。

（……状況を整理しよう）

雛子の力になるためにも、今一度状況を俯瞰しよう。

テーブルでパソコンを開き、マネジメント・ゲームを起動する。

最新のニュースには、まだ例のトピックが並んでいた。

——天王寺ファーマ株式会社で、粉飾決算が発覚しました。

天王寺ファーマは天王寺グループの製薬会社だ。グループの中核企業である天王寺化学の子会社でもあり、東証プライムに上場している。

この会社が粉飾決算をしていると発覚した。

粉飾決算とは、企業が会計処理の際に不正を働き、虚偽の決算報告をすることである。要するに売上を盛ったり経費を減らしたりして、見せかけの利益を増やすことだ。

何故そんなことをしなくてはならないのか……それは、赤字が続いていると銀行の融資が受けられなくなったり、株主や取引先が離れたりしてしまうからだ。だから、実態は酷いものだったとしても立派な会社を装うとする。

天王寺ファーマはここ数年赤字だった。親会社があの天王寺化学であるため資金には問題なさそうな気もするが、事業の失敗が続いて株主や取引先との関係が悪化していったのだろう。どうしても引き留めたい取引先があったのかもしれない。だから粉飾決算に手を出してしまった。きっとそういうシナリオだ。

儲かっていると思いきや、実はそれが嘘だったというのだから、粉飾決算は会社の信用を大幅に下げるスキャンダルだ。

この状況からどう挽回するつもりなのか……俺には想像もつかない。

（とはいえ、こっちは天王寺さんと住之江さんに任せるとして……）

どちらも優れた経営者だ。あの二人が手を組むなら、なんとかなるだろう。楽観的かもしれないが俺はそう思っていた。

今、俺が真っ先に考えなければならないのは……もう一つの問題。

——此花自動車株式会社で、大規模なリコール隠しが発覚しました。

リコール隠し――これは、洒落にならないスキャンダルだ。

自動車業界にはリコール制度というものがある。この制度は、販売(はんばい)している自動車に設計や製造段階での不具合があると発覚した際、それを無料で修理しなくてはならないというものだ。今では法律に明記されているほどの重要な制度である。

そして、この制度に応じず事態を隠蔽(いんぺい)することを、リコール隠しという。

要するに此花自動車は、本来リコールに応じなくてはならない自動車の不具合を、ずっと隠蔽していたのだ。

自動車は人の命を預かる乗り物である。その乗り物に設計段階から不具合があったら死者が出てもおかしくない。しかし……リコールにはなにせ金がかかる。調べた限り、今回のリコール対象となる自動車は約五十万台にもおよぶようだ。これを全て回収し無料で修理するとなれば、此花自動車は莫大(ばくだい)な損失を避(さ)けられないだろう。

それでも、人の命には替(か)えられないというのが道義だが……此花自動車は隠してしまった。その結果、此花自動車の信用はこうしている間にもがた落ちしている。

「失礼します」

扉(とびら)がノックされ、静音(しずね)さんが入っていた。

「お嬢様。頼まれていた最新版の資料です」

「……ありがと」

雛子はタブレットを受け取り、モニターと交互に視線を移す。

静音さんには帰りの車で状況を共有していた。この異常事態に際し、多くの企業が今までと異なる動向を見せると読んでいた雛子は、今まで使用していた取引先の情報を細かく更新することを静音さんに頼んでいたのだ。

「それと、華厳様から伝言が」

雛子の手がピタリと止まった。

振り返る雛子に、静音さんは真剣な面持ちで告げる。

「絶対に、立て直せとのことです」

静音さんは続けた。

「今回のイベントは類を見ないほどの厳しいものですが、逆に言えば、これを乗り越えてこそ本物と言えるでしょう。……今、学院中がお嬢様の一挙一動に注目しています。つまり、お嬢様は今――試されているのです」

試されている。

雛子が、本当に完璧なお嬢様なのか。

貴皇学院の頂点に君臨するに相応しい器なのか――。

「だから絶対に立て直せ。……以上、華厳様からの伝言でした」

「……そんなこと、言われなくても分かってる」

小さく溜息を零し、雛子は再びパソコンの方を向いた。

恐らく天王寺さんも同じ覚悟でこのイベントに臨んでいるのだろう。このイベントを乗り越えられないと、凡人のレッテルを貼られるかもしれない。それは天王寺さんにとって耐え難い屈辱となるはずだ。

「ここからは私の独り言ですが……貴皇学院は性悪なところがありますね」

静音さんが雛子の背中を見つめながら言う。

「お嬢様の堅実な経営は、天王寺様の経営とは別方向で優れたものだったはずです。なのにお嬢様だけこれほど厳しいイベントを用意されるというのは、少し不満を抱きます」

「……仕方ない。マネジメント・ゲームのスポンサーは、資産家であって、経営のプロじゃないことがあるから。……静音の言うことが理解できない人がいたんだと思う」

珍しい。静音さんがこうもはっきり不満を示すとは。

しかし雛子は論理的にこの状況を受け入れていた。

（……俺も何か手伝おう）

ぼーっと見ているだけでは意味がない。俺は雛子に近づいた。

「雛子。あれから此花自動車に動きはあったか？」

「色々あったから……今、まとめてる」

カタカタとキーボードを鳴らしながら雛子は言う。

「……大体、こんな感じ」

状況をまとめ終えたのか、雛子がモニターを俺に見せた。

テキストファイルで此花自動車の現状がまとめられている。

まず、筆頭株主の海外自動車メーカーが資本提携を打ち切った。……もうこの時点でとんでもない窮地に立たされているが、幸か不幸か、今は此花自動車の株価が下落しているためまだ株を手放すつもりはないらしい。

株価も二千円近くだったのに今では千円前後まで落ちている。市場価値も約一兆円から五千億円くらいに下がっていた。

マネジメント・ゲームには五千億円程度ならぽんと出せる企業もたくさんあるため、このままだと此花自動車は買収される可能性がある。株価の下落は当事者からすると最悪のリスクだが、投資家たちにとっては攻めのチャンスでもあるのだ。

――買収を避ける。

これが俺たちの目標となるだろう。此花自動車ほどの規模と実績のある会社はそう簡単に倒産はしないが、代わりに多くのハイエナが群がっている状況だ。彼らにはらわたを食いちぎられないように、先手を打つ必要がある。

「株の動きはどうなってる？」

「早速、此花自動車の株を集めているところが幾つかある。勿論、空売りも……」

「……早く対策しないと、一気に株を奪われるかもしれないな」

「ん……スピード命」

早速ハイエナが群がっているようだ。

ハイエナの中には海外の企業や投資家もいる。……もし此花自動車が海外の企業に乗っ取られたら、今の従業員たちの生活はどのように変化してしまうだろうか？　きっと彼らの想定していた幸せはかけ離れていくだろう。

しかし俺は、ふと思った。

（……そもそも、この学院で雛子と敵対したい人っているのか……？）

見たところ此花自動車の株を集めているのはＡＩの企業ばかりで、同級生たちは皆応援してくれている。此花自動車は紛うことなき絶体絶命の窮地だが、雛子の日頃の行いのおかげで最悪の事態は余裕で避けられそうだった。

もしかすると、手強いハイエナはいないのかもしれない。

第一、この学院で雛子を出し抜くほどの経営者なんていないだろう。精々、天王寺さんか成香くらいだが、あの二人は味方である。

それなら、このイベント……雛子なら難なく乗り越えられるんじゃないか？

「……む」

雛子のメールボックスに一件の通知が表示される。

雛子がすぐにメールを開いてくれたので、俺はその件名を読んだ。

「ハマダ自動車から、出資および提携の提案……？」

ハマダ自動車は生徒ではなくＡＩが経営している企業だ。そのためメールの本文は機械的かつ無駄なく本題のみが記されていた。

ハマダ自動車は、此花自動車株の34％の出資を希望していた。丁度、議決権が生じて経営を左右できる値である。しかしこれは――。

「……悪くない」

雛子が小さな声で呟いた。

現在の筆頭株主である海外自動車メーカーも、此花自動車の株を三割所有している。ここにハマダ自動車も加われば、およそ七割の株がバランスよく分配されるため、第三者の企業もしくは投資家に五割以上の株が取られない――つまり買収を防ぐことができる。

「学院の皆からも出資の提案をされたけど……ここの条件が一番いい」

ハマダ自動車は此花自動車に並ぶほどの巨大企業だ。こんな会社から出資を受けられるなら此花自動車は再起できるだろう……国民はそう思うに違いない。その信頼が株主を繋ぎ止める力になるのだ。

迅速に信頼を回復しなければ、此花自動車の株価はどんどん下落してしまう。

だから雛子が言った通り、ここはスピード命には違いないのだが――。

（……なんか、変だな）

自分のパソコンでハマダ自動車のデータを調べた俺は、妙な違和感を覚えた。

上手く説明できない。だが俺は……この会社を信頼できなかった。

「……雛子。この会社、本当に大丈夫か？」

ハマダ自動車はＡＩが経営している会社のはず。だが俺は、どうしてか……この会社のデータの裏に、敵意のようなものがあると感じた。

でも、何故……？

この学院に、雛子を陥れたい人なんているわけないのに……。

「なんか……嫌な感じがする」

形容し難い不快感。

人を説得するにはあまりにも薄い根拠だが、俺はそれを口にせざるを得なかった。理由はよく分からないが――この会社から出資を受けるのはヤバいと思う。

「……伊月のことは、信頼してる」

雛子は呟くように言い、

「だから……トモナリコンサルティングに、正式に依頼する」

真っ直ぐ、その目で俺を見た。

「此花自動車を救ってほしい。……ただし、時間はあまりないから、三日以内に有益な提案をちょうだい」

雛子がじっと俺を見つめる。

その期待を受けて、俺は深く頷いた。

「分かった」

◆

翌日の放課後。

「此花さん！　昨日考えてみたんですが――」

「此花さん。僕の会社ならこのくらい出資を――」

雛子を助けたい生徒たちが次々とこの教室に入ってくる。俺はその光景を横目に見つつ鞄に教科書を入れ、どこか集中できる場所を探しに向かった。

同級生たちとの打ち合わせの予定がたくさんある雛子は、マネジメント・ゲームが終わる今週いっぱいまで帰宅する時間を遅らせることにした。

同級生たちの中からハマダ自動車以上の提携先が見つかれば、俺の悩みは丸ごと解決するわけだが……多分、難しいだろう。

俺がやるべきことはシンプルだ。

まず、ハマダ自動車の違和感の正体を突き止めること。

そして、もしハマダ自動車からの出資を頼れないなら――代案を出すこと。

（やることはシンプルでも……簡単ではないな）

代案は今のところ全く思いつかない。

方向性としては、此花自動車の信頼を回復させればいいわけだが、肝心の此花自動車そのものに今は体力がないため外部の手を借りるのが好ましい。

俺にとってのビジネスは縁だ。

だからこそ、こういう状況で力になれなければ何の意味もない。

「伊月」

廊下を歩いていると声をかけられる。

「成香か。どうした？」

「いや……その、此花さんはどうしてるのか気になってな」

もじもじと、成香は遠慮気味に言った。

「まだクラスメイトと話している最中だ。……呼んでみるか？」

「あ、いや、別に提案があるわけではないんだ。ただ……ちょっと心配で」

心配で。――雛子のことを大切な友人として見ていなければ、出てこない言葉だ。

つい微笑を浮かべてしまう。……俺がお世話係になったばかりの頃、雛子は演技のストレスで学院を休んだが、あの時は誰も雛子を心配しなかった。

今回はあの時と違うのだ。そう思うと無性に嬉しく感じる。

「成香。今日、まだ時間はあるか？」

「え？　あ、ああ。あるぞ」

「じゃあカフェで作戦会議しないか？　俺たちにできることを探そう」

「……ああ！　そうしよう！」

成香と共にカフェへ行く。

その道中、俺は此花自動車の現状について成香に共有した。

「……なるほど。此花さんは、ハマダ自動車の出資を受けるつもりなのか」

カフェで席につき、注文が終わったところで成香が言う。

「でも、伊月はそれに反対なんだな」

「ああ。まあ反対の根拠はないに等しいんだけど……」

「……いや、私は伊月を信じる。何せ伊月には今までの実績があるからな」

あまりにもあっさり信用されたので、一瞬（いっしゅん）言葉を失った。

雛子と全く同じだ。成香も俺のことを全力で信じてくれている。

その気持ちに応えるためにも、俺はハマダ自動車から感じている違和感の正体に辿（たど）り着かなくてはならない。

「最近、私も伊月を見習って株の勉強をしているんだが……たとえば、議決権がない株を発行して、それで出資を受けたらいいんじゃないか？　そうすればハマダ自動車が悪いことを企（たくら）んでいても、経営には関われないだろう」

無議決権株式のことを言っているのだろうか？

あれも黄金株と同じように、特殊な株式の一つだ。

成香もこの短期間で随分勉強している。しかし――。

「……今回のリコール隠しで、此花自動車は企業体質を疑われているからな。この期に及んで身内だけの経営にこだわるのは、株主の反感を余計に買ってしまうリスクがある」

「あ……そうか。単に買収を防ぐだけでは駄目なのか」

「ああ。信頼を回復させなくちゃ駄目だ」

すぐに理解してくれたので、補足もしておく。

「ハマダ自動車の出資が魅力的な理由は、此花自動車が企業体質を改善するつもりであることを示せるからなんだ。ハマダ自動車は此花自動車と同じ自動車業界の企業で、しかも規模も似ている。だからハマダ自動車に一部の経営権を渡せば、企業体質を内側から正してもらうことができるって考えだ」

つまりハマダ自動車にメスを入れてもらうのだ。ついでに提携によって新たな事業も推進できる。この流れを見せれば株主たちもなんとか繋ぎ止められるだろう。此花自動車はまだまだ飛躍するのだと彼らに思わせることができる。

「……やっぱり、付け焼き刃じゃ力になれそうにないな」

成香は頼りなく笑った。

「いや、そんなことはないぞ。今回の事例には偶々当て嵌まらなかっただけで……」

「慰（なぐさ）める必要はない。……やっぱり伊月は凄いんだな。この一ヶ月半で、信じられないくらい経営に詳しくなっている。……此花さんが傍（そば）に置きたがるのも納得（なっとく）だ」

そう言って成香は、パソコンのモニターに視線を落とす。

「実は、マネジメント・ゲームが終わる前に此花さんに提案したいことがあったんだ。でも、今の状況だと難しそうだな……」

落ち込んだ様子で成香が言う。

しかし俺は知っていた。成香は自己評価が低いだけで、その能力は高いのだと。

「……提案の内容を聞いてもいいか？」

「ああ。こういう事業をやってみたくて……」

成香がパソコンのモニターをこちらに向ける。

どうやら成香は、雛子の会社と業務提携したかったらしい。

その内容を読んで、俺は——。

「……これ、やろう」

「え？」

「やっぱり成香には事業を考える才能があるな。それにシマックスほどの会社なら、此花自動車の提携相手にも相応しい」

いける。

この事業計画を見て、俺は確信した。

成香の、この計画を進めることができれば――此花自動車は救済できる。

「成香。俺たちで此花さんを助けよう」

真正面にいる成香に向かって、俺は告げた。

すると成香は、強く唇（くちびる）を引き結ぶ。

「……競技大会の前。此花さんは、私の友達作りに協力してくれた」

確かに、そんな時もあった。

成香はその瞳（ひとみ）に決意を宿し、口を開く。

「あの時の恩を、ずっと返したいと思っていた。……次は私が此花さんを助ける番だ！」

俺たちは共に立ち上がり、互（たが）いに手を握（にぎ）り合った。

待っていろ、雛子。

俺たちが必ず、最良の未来を切り拓（ひら）いてみせる。

◆

　翌日の放課後も、俺は成香と一緒にカフェで作業していた。

「成香、進捗はどうだ？」

「基本的な準備はできたと思う。後は此花さんを説得するための資料作りだ」

　予定よりも進捗が早い。

　流石に成香もやる気を出しているようだ。マネジメント・ゲームも残り三日。悩んでいる暇はもうない。

「伊月の方はどうだ？　ハマダ自動車の問題は……」

「……まだ、はっきりとしたものは見つかっていない」

　成香よりも俺の進捗の方がマズかった。

「これは少し調べるだけで分かったことだけど、此花自動車のリコール隠しを告発したのはハマダ自動車の社員だったみたいだ」

「えっ⁉　じゃ、じゃあもう確定で怪しいではないか！」

「そう思いたいんだが、元々ハマダ自動車と此花自動車は取引関係にあるからな。普通に発覚しただけの可能性もあるし……」

　現状、怪しいだけだ。

　そもそも俺は直感に従ってハマダ自動車について調べているが、だからといって「ハマダ自動車は絶対に悪巧みしている」というバイアスに染まってはならない。調べた結果、ハマダ自動車に一切の問題がない可能性も充分あるのだ。

——君には、データの裏を見る才能がある。それは薄々自覚しているだろう？

以前、琢磨さんに言われたことを思い出す。

——だが、まだ足りない。その感覚はもっと拡張できる。……これからは経営者の顔だけじゃなくて、株主の顔も見てみるといい。

琢磨さんは、俺の才能はもっと拡張できると言っていた。

（株主の、顔……）

俺は静音さんに電話をかける。

静音さんはすぐ出てくれた。

『どうしました？』

「静音さん。此花自動車の株主名簿って貰えますか？」

『丁度、昨晩お嬢様に共有されたデータがあります。それを渡しましょう』

「ありがとうございます」

ファイル転送サービスを利用して、静音さんからデータを受け取る。

此花自動車の半期ごとの株主名簿が手に入った。これと、俺が今持っている此花自動車の決算資料を照らし合わせ、データを読み解いていく。

……直感を信じろ。

怪しい、きな臭いと思った株主たちのリストを作成する。

半期ごとの名簿があるため、どの株主がどういったタイミングで株を購入したのか大体分かる。普通、株を買うタイミングはその会社の業績が伸びる予感がした時、または株価が下落して買い時だと思った時だ。いずれにせよ此花自動車の業績と株を買うタイミングには必ず相関がある。

なのに、その相関と外れた動きをして株を買っている人が何人かいた。

「……なんだ、この株主たち？」

素性の分からない、不穏な大株主が何人かいた。

意図が読めないタイミングで株を購入している。しかも小遣い程度に買っているわけではない。大株主になるほどの、それなりの大金を注ぎ込んでいる。

（……この二年間で、素性の分からない株主が急増している？）

モニターをしばらく見つめたまま、俺はこの違和感について考えた。

「伊月、どうかしたのか？」

「……此花自動車に、得体の知れない株主がいるんだ。しかも、マネジメント・ゲームが始まってからそういう株主がどんどん増えている」

　どうも怪しい。……これは調べた方がよさそうだ。

「外部機関に調査してもらう。もしかすると、点と点が線で繋がるかもしれない」

　画面を切り替え、マネジメント・ゲームに参加している会社をチェックした。信頼できそうな調査機関を見つけ、すぐに依頼する。

「……よし、草案ができた！」

　目の前で作業していた成香が、気合の入った声で言う。

「伊月、確認頼む！」

「分かった」

　成香に送信されたファイルを読む。

「いい感じだな。もう少し細かいデータがあれば説得力も上がりそうだけど……」

「なるほど。……その辺りは、私の両親に聞いた方が早いかもしれないな」

　確かに、シマックスのことなら成香の両親に尋ねるのが一番早い。

　それにしても、この資料……よくできている。

「……成香。これ、自分でプレゼンしてみないか？」

「えっ!?　い、いや、でもそれは、伊月がやってくれる予定では……」

「そのつもりだったけど、こんなにいい資料を俺が話すのは勿体ないと思って」

最初は成香が資料を作り、俺がそれを使って雛子にプレゼンする予定だった。しかし資料の草案を見て、考えが変わる。

これを俺が読むのは、手柄を奪ってしまうような気がした。

「で、でも……私はまだ、人前で喋るのが得意じゃないし……」

「人前って言っても此花さんだけだろ？　いざという時は俺が代わるから大丈夫だ」

むしろいい練習になるはずだ。

真面目な顔でお願いすると、成香はやがて頷き、

「……わ、分かった。頑張ってみりゅ！」

思いっきり噛んだ。

顔を赤く染める成香を見て、俺は思う。……判断を間違えたかもしれない。

「じゃ、じゃあ伊月。私は先に帰って、家族にこの草案を見てもらう」

「ああ、何か進展したらすぐに教えてくれ」

成香は逃げるように立ち去った。

俺は俺のやるべきことに集中しなくてはならない。

そのまま一時間ほど、ハマダ自動車のデータを調べていると――。

「伊月ぃ……」

背後から、掠れた声が聞こえた。

振り返ると、今にも死にそうな顔をした雛子が立っていた。

「だ、大丈夫か？　雛子？」

「つ……つか、れた………」

周りに人がいないのでお互い素の態度で話す。

しかしすぐに店員がやって来たので、

「ご注文はお決まりでしょうか？」

「ええ、ブレンドコーヒーでお願いします」

一瞬でお嬢様モードになった雛子がコーヒーを注文する。

「ふぃー………」

店員が去ったところで、雛子は深く息を吐きながら姿勢を崩す。

いつもより随分疲労している。此花自動車を立て直すためとはいえ、色んな生徒から揉みくちゃにされたのだろう。

注文したコーヒーが届き、雛子はそれを一口飲んだ。

「……明日の放課後、ラウンジで集会を開くことになった」

雛子がコーヒーカップを見つめながら言う。

「提案が、多すぎるから……そこでまとめて聞くつもり」

どうやら今日一日では捌ききれないほど生徒たちが殺到したらしい。

だから話し合いの場を正式に設けるというのは、いい案だ。

「雛子。俺もその集会に参加させてくれないか？」

そう訊くと、雛子は不思議そうに首を傾げた。

「別に……伊月の言うことなら、いつでも聞くけど」

「それじゃ駄目なんだ」

首を横に振って告げる。

「この学院には、雛子を心の底から心配してくれる人がたくさんいる。その人たちを、俺がお世話係だからという理由だけで押しのけてしまうのは、多分……不誠実だろ」

上手く伝わっているかは分からないが、雛子は小さく頷いた。

「だから、明日一日だけでいい。俺のことを、皆と同じように見てくれないか？」

「皆と同じように……？」

「他の人と同じ土俵で雛子に意見を出したいんだ。……雛子がハマダ自動車から出資を受けるつもりなら、俺は皆の前でその考えに反論してみせる。もし俺の意見が正しくなかったら、その時はバッサリ切ってくれ」

多分、皆もそういう覚悟で集会に臨むはずだ。

だから俺も同様のリスクを背負いたい。

「明日だけは、俺がお世話係であることを忘れてほしいんだ」

俺は以前、住之江さんにトモナリギフトを買収されそうになった時、雛子から救いの手を差し伸べられた。けれど俺は温情で助かるわけにはいかないと思って断った。

今回も同じだ。俺は、温情で意見を採用してほしいわけじゃない。

俺なりに、本気で雛子を助けたいと思っているのだ。

だからこそ雛子にも本気になってほしい。

「それは、つまり……」

雛子は考えながら言う。

「伊月を……対等な相手として、見ればいいってこと？」

そんな雛子の解釈を聞いて、俺は一瞬硬直した。

しかし……ああ、確かにその通りだ。

俺が求めているのは、そういうことだ。

「……そうだ。実力不足なのは承知しているけど、頼む」

頭を下げてお願いする。

「……分かった」

しばらく考えてから、雛子は告げた。

「ですが、大丈夫でしょうか」

雛子の口調が変わる。

ピリ、と空気が張り詰めたような気がした。

雛子はテーブルに置かれたカップを丁寧な所作で持ち上げ、音を立てることなくコーヒーを一口飲む。真っ直ぐに伸びた背筋に、風になびくサラサラの髪。聡明そうな目に、上品な佇まい。まるで絵本から飛び出してきたかのような、優美なお嬢様……。

ああ……そうだ。

雛子と対等な立場で話すということは――。

「私はこれでも――完璧なお嬢様と呼ばれているんですよ？」

完璧なお嬢様としての雛子と、対峙するということだ。

ぶる、と身体が震える。

それはきっと——武者震(むしゃぶる)いだった。
「ああ……知ってるよ」

◆

翌日の放課後。

授業が終わると同時に、教室にいる生徒の半数以上が立ち上がった。その中の一人である雛子は脇目(わきめ)も振らずに教室を出て行く。俺を含(ふく)む他の生徒たちは雛子の後を追った。

向かう先はラウンジだ。普段(ふだん)は来賓(らいひん)が寛(くつろ)ぐための場所として使用されるらしい貴皇学院のラウンジだが、この日は雛子が貸し切りにしていた。雛子がラウンジの扉に近づくと、扉の前で待機していたスーツ姿の男がお辞儀(じぎ)し、扉を開いてくれる。

雛子を先頭に、生徒たちがラウンジに入った。

その数……百人近くだろうか。マネジメント・ゲームの終盤(しゅうばん)ということもあり、参加できない生徒も多いはずだが、集まった人数は少なくない。よく見れば遠くに大正と旭さんの姿があった。あの二人もこの集会に参加しているようだ。

入り口の方で資料が配付されていたのでそれを手に取る。

ラウンジの中央にあるテーブルには、プロジェクターが置かれていた。

「此花雛子です。本日はお集まりいただきありがとうございます」

参加者全員がラウンジに入ったところで、雛子の声が響いた。

雛子は壇上で、マイクを握って立っている。

「マネジメント・ゲームの終了まであと二日という状況にも拘わらず、皆さんが私の会社に関心を持ってくださったこと、感謝してもしきれません」

いつも通り、硬すぎず砕けすぎない口調で、品のある声音で雛子は話す。

「さて、時間も限られていますので本題に入りますが……今、私が経営する会社の一つである此花自動車が窮地に立たされています。この状況を打開するための策を、皆さんから募集したいのです。出資の希望からプランの提案まで、なんでもお聞かせください」

実際のところは雛子が募集したというより、相手からの提案が多すぎただけだが、そこはまあ花を持たせる流れにしておいたのだろう。

小さな気配りが功を奏したのか、ラウンジにいる生徒たちがやる気を漲らせる。

「ちなみに、私が今のところ最有力としているプランは、お手元の資料にある通りハマダ自動車からの出資を受けることです。ハマダ自動車のデータも記載しています」

資料をペラペラと捲って確認する。

ハマダ自動車が株式比率の三割の出資を申し出ていることや、ハマダ自動車という会社についての情報が詳しく記されていた。

「それでは……提案のある方は挙手をお願いします」

雛子がそう言うと、大勢の人が手を挙げた。

係員の人が、挙手した生徒にマイクを渡す。

「オムローン株式会社の立石です。是非、私の会社の出資を――」

早速、生徒たちの提案が始まった。

「コクヨウ株式会社の黒田です。私の提案としましては――」

雛子の窮地に、次々と手を差し伸べる者が現れる。人によってはプロジェクターにパソコンを接続し、スライドを活用しながらプレゼンをしていた。

ここに集まっているのは皆、貴皇学院の生徒だ。経営に詳しく、出資するだけの資産もある。しかし――。

「申し訳ありませんが、その提案を採用するのは少し難しいです」

雛子は、彼らの手を取ることはなかった。

「お手元にある資料をご覧ください。ハマダ自動車は単に此花自動車へ出資するだけでなく、その後の事業提携も視野に入れています。……お気持ちは嬉しいのですが、最低でもこのくらいのビジョンが見えなくては、此花自動車の信頼は回復できません。私は決してお金だけを必要としているわけではないんです」

「それは……」

提案した生徒が返答に窮(きゅう)する。

無理もない。……皆、そのくらいのことは分かっているのだ。しかしそれでも此花自動車に対して有益な事業なんて提案できるはずがなかった。何故(なぜ)なら相手はあの此花自動車で、学院一のお嬢様である此花雛子なのだ。出資するだけなら可能でも、事業の提案となれば二人三脚(ににんさんきゃく)の体制を取らねばならない。並大抵(なみたいてい)の力では、此花自動車の重さを支えられないだろう。ハマダ自動車は数少ない例外の一つなのだ。

「大掛(おおが)かりなことをしていますわね」

ふと、背後から特徴的(とくちょうてき)な口調で声をかけられる。

いつの間にか、傍に金髪(きんぱつ)縦ロールの少女が立っていた。

「天王寺さん。そっちのイベントは大丈夫(だいじょうぶ)なんですか？」

「住之江さんが頑張ってくれたおかげで、あらかた終わりましたわ。資金繰(しきんぐ)りを改善することで粉飾(ふんしょく)決算の原因を排除(はいじょ)し、黒字転換(てんかん)の道筋を明確に示しましたの。一時的に上場廃止(はいし)して身ぎれいにすることも検討しましたが、そこまではせずに済みそうですわ」

どうやら天王寺さんの方ではある程度決着がついたらしい。

信じてはいたが、やはり二人とも優秀だ。

「わたくしは今来たばかりなのですが、何人くらいが撃沈したんですの？」

「二十人くらいですかね……結構、はっきりと断られています」

「提案が被っていることも考えると、潜在的には七割近くが撃沈していそうですわね。どうりで空気が重たいと思っていましたわ」

とにかくハマダ自動車の条件がよすぎるのだ。

最初はたくさんの人が挙手していたが、今では二人か三人しかしていない。ラウンジの空気は少しずつ重たくなっていた。

「ふふふ……このまま嫌われてしまえばいいのですわ」

「……天王寺さんって、偶に悪くなりますよね」

「冗談ですわよ。……あれをご覧なさい」

天王寺さんが指さす方を見る。

そこでは生徒たちが微かに全身を震わせていた。

「くそぉ……俺じゃあ、此花さんの力になれないってのか……っ!!」

「無力な自分が恨めしいわ……もっと勉強してついていけるようにならなきゃ……!!」

皆、拳を握り締めて悔しそうにしている。

「むしろ熱狂的な信者が増えそうですわ」

「……そうですね」

貴皇学院の生徒って、意外とタフだな……。

やっぱり幼い頃から英才教育を受けているだけあって、精神力も鍛えられているのだろうか。厳しいマナーの指導、見知らぬ大人たちとの会食……心が鍛えられる機会はいくらでもあるだろう。

そんな人たちを出し抜くのは、簡単ではなさそうだ。

「……じゃあ、そろそろ俺も行ってきます」

「え？」

驚く天王寺さんを他所に、俺は手を挙げた。

並大抵の力では、此花自動車を支えることはできない。

だから――並外れた力を用意するのだ。

◇

「次の方……」

テッパン印刷株式会社の提案を断った雛子は、次の生徒へ視線を移した。

挙手している生徒は一人。その顔を見て、雛子は僅かに瞳を揺らす。

係員がマイクをその生徒に渡した。

「トモナリコンサルティングの友成伊月です」

ざわ、とラウンジにいる生徒たちが反応する。

（……来た）

他の生徒の提案を聞きながら、雛子はラウンジを見渡して伊月のことを探していた。伊月の姿はだいぶ前に見つけていたが、いつ手を挙げるか分からなかったためずっと気になっていたのだ。まずは他の生徒の提案を聞いて参考にしたかったのかもしれない。

「……どうぞ」

心の動揺を押し殺し、雛子は伊月にプレゼンを許可する。

「先に、リスクについて説明します」

伊月はプロジェクターにパソコンを接続し、壇上の大画面に資料を映した。

「ハマダ自動車に株を渡すと、会社を乗っ取られる可能性があります」

端的かつ、明らかな警告が伊月の口から放たれる。

今までの生徒は皆、自社の提案をするだけだった。しかし伊月はまずハマダ自動車のリスクについて説明を始めた。

「此花自動車について調べるうちに、この会社には不審な大株主が何人もいると判明しました。外部機関に調査してもらった結果、彼らの全員がハマダ自動車と結びついていることが明らかになりました」

ラウンジの生徒たちがざわつく。

伊月はスクリーンに此花自動車の株主に関する資料を映した。全て決算資料として公開している情報だ。社外秘のものはない。

「ハマダ自動車の出資を受けた場合、この大株主の分も合わせればハマダ自動車の持ち株比率は四割を超えてしまいます。……そこまでくると買収の射程内です。ＴＯＢで一気に株を買い集められたら、此花自動車は乗っ取られてしまいます」

伊月の発言と資料の内容に、生徒たちは目に見えて動揺する。

本当にそうなのか？　もしそうならハマダ自動車はマズいんじゃないか？　……そんな声がいたるところから聞こえてきた。

（伊月の言うことなら、全部信頼してるけど……）

雛子は資料から伊月に視線を移す。

伊月は真剣な面持ちでこちらを見つめていた。

(伊月は……私と対等になりたいって、言ってくれた)

誰もが自分のことを、敬うように見てくるのに。

伊月は違った。隣に立ちたいという意思を示してくれた。

そして雛子は、その気持ちを素直に嬉しいと思った。

(だから、私は……手加減しちゃいけない)

温情はいらない。そう言ったのは伊月だ。

伊月が求めているのは正々堂々とした対話。

雛子はそんな伊月の気持ちに応えると決めた。

——私は伊月が好きだから。

だからこそ——全力でぶつかる。

「ハマダ自動車が、此花自動車を買収するメリットは何ですか?」

雛子は伊月を真っ直ぐ見て尋ねる。

「この二つの会社は事業が似ています。市場規模を考えると、既存事業の拡大も現実的ではないでしょう。買収に見合うだけの結果がないように思えます」

ラウンジの生徒たちが、雛子の発言に同意を示した。

伊月にとって向かい風になる空気が生まれる。

だが伊月は動じない。

「それは国内の話です」

伊月はピシャリと言った。

考えて答えているわけではない。……最初からこの反論は想定していたようだ。

「恐らく、ハマダ自動車が此花自動車に求めているのは、軽自動車を海外展開するノウハウです。……此花自動車は一年前に軽自動車の海外展開に成功しました。軽自動車の海外展開は、各国の認証試験に合格しなくてはならない点などから難航していましたが、これを成功させた此花自動車は競合他社と比べて海外展開の分野で一歩リードしています」

伊月はスライドのページを切り替えた。そこには此花自動車の軽自動車販売台数が国内二位であることや、海外展開に関するニュースの記事などが載せられている。

……本当に、よく調べている。

これはもう才能とかセンスとか、そういう次元ではない。——純粋な根性だ。伊月にとって自動車業界は専門外だろうに、こんな短期間でここまで調べてくるとは。

「ハマダ自動車はかねてより海外展開を課題としてきました。そこに加えて此花自動車の技術とノウハウを活用すれば、海外の軽自動車市場を一気に席巻でき、拡大した販路で既存の自動車も販売できます」

「……ですが、それでもハマダ自動車に買収の意図がある根拠にはなりません」

「どのみち、ハマダ自動車とその関係者に四割以上の株を握られるのは、此花自動車にとって大きなリスクです。看過するべきではありません」

その通りだ。ハマダ自動車の思惑がどうであろうと、四割の株を握られるのは危うい。

気づけば、ラウンジの空気はヒリついていた。……自分たちは、高貴なるお茶会のメンバーであり、親しい間柄であることは周知の事実となっている。そんな二人が、衆目の前でこんな舌戦を繰り広げるとは誰も思わなかったのだろう。

しかし……不思議と、雛子は悪い気分にはならなかった。

話せば話すほど、伊月の真剣な気持ちが伝わってくる。

伊月の、自分を助けたいという想いがぶつけられる。

「……流石は、噂に名高いコンサルタントですね」

伊月は「え？」と鳩が豆鉄砲を食ったような顔をした。

別に贔屓して言ったわけじゃない。

最初に名乗った時、周りがざわついたことに気づかなかったのだろうか？　……伊月は今、注目の的なのだ。ＳＩＳの買収を退けた件で目立ち、更にシマックスやジェーズホールディングス、引っ越しのタイショウのコンサルティングをしたことで一気に名を上げた。

今や、この学院で伊月のことを知らない人間はいない。

多分……あんまり自覚していないだろうなぁ、と雛子は思った。

「リスクについては、承知いたしました」

雛子は首を縦に振る。

それはまるで……敗北宣言のように見えた。

「じゃあ――」

「――しかし、そのリスクは乗り越える価値があるものです」

顔を上げた雛子は、伊月を見る。

完璧なお嬢様の眼差しに貫かれた伊月は、微かに鼻白んだ。

「ハマダ自動車の出資を受け入れた場合、私は真っ先に開発部門の立て直しをお願いするつもりです。……恥ずかしい話ですが、リコール隠しが起きた以上、此花自動車の企業体質は換骨奪胎しなくてはいけません。外から吹いてくる新しい風が必要なんです」

「……それはハマダ自動車でなくてはいけませんか？」

「ハマダ自動車とは過去にも商用車を共同開発した例があります。いわば勝手知ったる仲です。他の会社にはできません」

隙のない反論だった。

それを言ったらどうしようもないのでは、と困惑されてもおかしくない主張だった。

しかし伊月は、そんな雛子の突き放すような発言を聞いて……不敵な笑みを浮かべる。

「要は、安心して組織を任せられる会社があればいいんですよね？」

伊月はまだ諦めていなかった。

まるで、今の雛子の発言すら想定していたかのような余裕を見せる。

「なら、俺がその会社を用意します」

そう言って伊月は振り返り――その手に握っていたマイクを、背後にいた女子に渡す。

「成香」

「ああ」

伊月と、背後にいた少女――成香は、空いた手を同時に掲げ、

「バトンタッチだ」

パチン、とハイタッチの音が響く。

……今の、羨ましいな。

雛子は心の中でそう思ったが、すぐにそんな浮かれた気持ちは消した。

マイクを握った少女の真剣な顔を見て、こちらも真剣にならないと呑まれると悟った。

「シマックスの都島成香だ。ここからは私が話そう」

マイクとこの場を託された成香は、続けて言う。

「今、私の会社はトモナリコンサルティングの手を借りて、新しい事業を始めようとしている。それが――」

成香は雛子を見つめながら言った。

「――モータースポーツ分野への参戦だ」

スクリーンに新たな資料が表示される。

伊月が裏方に周り、スライドを切り替えてくれているのだ。

「元々、シマックスはモータースポーツの世界で使われるような安全靴や特殊素材の服を開発していた。しかし今回はその先をいき、椅子やヘルメットなども新たに開発したいと思っている。シマックスのブランドを、モータースポーツの世界にも浸透させたいのだ」

今まで以上にモータースポーツの世界に足を踏み入れたい。

それが成香の求めるビジョンだった。

「そこで、此花自動車の手を借りたい」

伊月がスライドを切り替える。

「此花自動車には、五十年前から続くスポーツブランド、コノハナラリーがある。コノハナラリーは今でも世界ラリー選手権やダカール・ラリーへの参加を目指しているヘリテージブランドだ。その実績を信頼して提携をお願いしたい」

コノハナラリーは五十年前から存在する、此花自動車のチームだ。

そのチームを、シマックスが全面的に支援する。

「なお、シマックスからの出資額は、ハマダ自動車の同額を約束する」

ラウンジの生徒たちが「おぉ」と感心の声を零した。

「面白そうな事業だな……」

「シマックスの規模なら、実現も夢じゃないわ……」

シマックスは伊達に業界ナンバーワンの企業ではない。資金は潤沢である。

一通り話を聞いた雛子は、マイクを口に近づけた。

「……非常に、魅力的な提案だと思います」

上品でよく通る声がラウンジに響く。

「ですが、一つ訊かせてください。どうして此花自動車なのでしょうか？　スポーツブランドを持つ自動車メーカーは、此花自動車だけではありませんが」

「それは……」

それは、その質問に対する回答は…………なんだったか。

頭の中で用意していた台本が薄れ、成香は無意識に周りを見る。

「う――っ」

視線。

視線、視線、視線、視線、視線――。

なんともなかったはずなのに、急に心が萎んだ。

意識してしまった途端、舌が回らなくなる。

（そ、そもそも私は、此花さん一人を相手にプレゼンするつもりで……こ、こんなに大勢の前で話すつもりではなかったんだ……っ）

集会があるなんて知らなかった。

こんなに参加者がいるなんて知らなかった。

身体が、勝手に震えてしまう。

「成香、落ち着け」

傍(そば)にいる伊月が小さな声で言った。

（……伊月が、見ている）

伊月は真剣な眼差しをこちらに注いでいた。

その眼差しは――他の生徒と全く同じものだ。

（……あ）

その時、成香は気づく。

（そう、か。…………私は、信じてもらえているのか）

伊月の眼差しには信頼の感情が含まれていた。

なら、そんな伊月と全く同じ表情でこちらを見ている他の生徒たちも……自分のことを信じてくれていることになる。

伊月だけじゃない。皆が、信じているのだ。

都島成香(わたし)という人間を……。

（私は……この信頼に応えなくちゃいけないんだ）

思(おも)い違いをしていた。

自分にとって、見知らぬ人という存在は恐怖(きょうふ)の対象だと思っていた。

でも違う。彼らも伊月と同じで、自分のことを信じてくれる味方だったのだ。

……伊月は言ってくれた。

私は凄いんだと。もっと堂々としてもいいんだと。

なのに、私は臆病なままで……いつも「そんなことない」と否定していた。

でもそれは——裏切りだったんだ。

ここにいる皆もそうだ。本当は皆、自分が此花さんの助けになりたいだろうに、今は真剣に私の話を聞いてくれている。私の話には価値があると信じてくれている。

——応えなくちゃいけない。

皆が信じてくれているのに、私だけはいつまでも臆病なままだなんて、そんなのは裏切りだったんだ。

（私は、きっとまだ臆病で、自信もない……）

でもこれだけは言える。

私は伊月を——皆を裏切りたくない。

そう思った時、伊月の声が聞こえた気がした。

——思いっきり、やっちまえ——っ!!

競技大会の決勝戦で、伊月に言われたことを思い出す。

あの時は咄嗟に従っただけだったが——今は本当の意味で理解した。

思い出した。思えば、ずっと、最初から、いたのだ。あの決勝戦の時だって、ほとんどの人は自分を恐れていたけれど、よく見れば真剣に応援してくれる人がいた。ずっと見て見ぬ振りをしてきて、或いは意味が分からないと思って遠ざけていたけれど——。

ずっといたのだ。味方が。仲間が。自分を信じてくれている人が——。

伊月が教えてくれたことだ。

伊月がそういう人を増やしてくれて、やっと気づくことができた。

（……私は、幸せ者だったんだな）

これ以上……彼らを裏切りたくない。

だから、これからは毎日思いっきりやる。いつも自由に振る舞う。好きなように好きなことを話す。そして何事にも本気で打ち込む——。

そうであってほしいという期待が、誰かから注がれる限り。

私は——中途半端を卒業する。

「……此花さんなら、上手くやってくれると思うからだ」

背後で伊月が微かに動揺した。

台本と違う話を始めたのだから、無理もない。

でも、もういいのだ。

資料も用意してないし、話すことも全部アドリブだが……それで構わない。

思いっきり、やっちまえ。

そう言ったのは伊月だ。

「私は、此花自動車ではなく、此花さんを信じている」

「それは……どういう意味でしょうか？」

「此花さんの経営は見事なものだ。販売台数の大幅増加、シェアの拡大、カーボンニュートラルへの取り組み、バッテリーリユースの研究、そして軽自動車の海外展開。……此花さんの功績は数え切れない。だからこそ、私は他でもない此花さんの力を借りたいんだ」

雛子が目を見開いた。

今、説明したのは、雛子がマネジメント・ゲームで積み上げてきた功績の数々だ。その中にはゲーム開始直後に雛子が手掛けたものまである。

どうして、そんなに私のことを調べているのですか……？

雛子が視線でそう問いかけた。

――当たり前だ。

ライバルの情報を、調べないわけがない。

ずっと見ていたのだ。

都島成香は、此花雛子をずっと意識していた。

「此花さん」

ゆっくり前に歩き、壇上に登る。

今まだ、形ばかりだけど。

それでも——いつか必ず、こうやって並んでみせる。

「私の手を取ってくれないか。私は……此花さんと一緒に仕事がしたいんだ」

壇上に立ち、目の前にいる完璧なお嬢様へ手を差し伸べる。

そんな成香に、雛子は目を瞬かせた。

しかしやがて雛子は静かに笑い、

「……まいりましたね。会社ではなく、私自身に勝算を感じていただけるとは」

雛子は、どこか観念したような表情で言う。

「こんなに光栄なことはありません。……貴女の提案を、採用いたします」

差し出された手を、雛子は受け取った。

◆

雛子と成香がタッグを組んだことで、此花自動車の立て直しは成功した。

シマックスのモータースポーツ業界への本格参入というニュースは、国民や株主、投資家たちを大いに賑わせた。その熱が此花自動車の信頼復活に繋がったのだ。

シマックスは此花自動車への出資を発表した際、此花自動車の企業体質にはちゃんとメスを入れると発表した。その具体的なメスの入れ方については俺が一通り考えた。雛子にしっかりヒアリングした甲斐もあり、株主たちの納得を無事に得ることができた。

買収を避けることはできたし、信頼もある程度は復活した。リコール隠しは紛れもない大罪だが、少なくとも雛子は此花自動車とその従業員たちの未来は守ることができた。

だから、ひとまず……理想的な結末を迎えたと言ってもいいんじゃないだろうか。

そして金曜日の放課後。

この日の放課後は誰も教室から出ることなく、皆が自分の席に座って静かに待機していた。机の上には一台のノートパソコンが開かれている。

五分後、担任の福島先生が口を開く。

「——現時点をもちまして、マネジメント・ゲームを終了いたします!!」

先生のその一言を切っ掛けに、クラスメイトたちが肩の力を抜いた。

「長かったな～」

「うあ～～っ！　疲れた～～～！」

大正と旭さんも、一気に緊張が解けたように気を抜いていた。

（皆、雛子みたいになってる……）

お行儀がいい貴皇学院の生徒にしては珍しい。この日ばかりは皆、疲労を隠すことなく首を背もたれに預けたり、机に突っ伏したりしていた。

こんな光景、もう二度と見られないかもしれない。

「さあ！　ここからは結果発表の時間です！　興味がある人はまだパソコンを閉じない方がいいですよ～！」

福島先生もいつもより興奮気味だ。

マネジメント・ゲームの画面を開く。ゲームが終わったためもう操作はできないが、スタッフロールが流れていた。

……一瞬、琢磨さんの名前が映る。

あの人には世話になった。また落ち着いた頃にお礼をしよう。

スタッフロールが終わると、早速、各種ランキングが発表される。

――時価総額ランキング。

時価総額は、発行株式×株価で算出される値で、いわば会社の価値そのものだ。

早い話、これが会社の優劣（ゆうれつ）を決める総合的なランキングである。

1位：株式会社此花フィナンシャルグループ
2位：株式会社天王寺フィナンシャルグループ

『きえ～～～～～～～～～～っ!!』

「え!?」

今、天王寺さんの悲鳴が聞こえなかったか!?

嘘（うそ）だろ。教室、それなりに遠いのに……ここまで聞こえてきたのか？

ランキングは一位から順に表示されていく。

４位：天王寺商事株式会社

５位：此花商事株式会社

『お～～～～～ほっほっほっ‼』

よかった……機嫌が直ったらしい。

やはり雛子と天王寺さんは圧倒的だ。グループ自体の規模が大きいから、色んな会社がランキングに載っている。

ちなみにこのランキング、どうやらＡＩが経営している会社は省いているようだ。

７位：株式会社シマックス

ここで成香の会社が出た。

時価総額は市場規模によって大きく変わる。そのため、小さい市場を取り扱っている会社は必然と不利になる仕組みだ。

スポーツ用品でこの順位は……はっきりいって、異例だろう。

勿論、業種別のランキングではぶっちぎりの一位のはずだ。

成香も満足しているに違いない。

11位：ＳＩＳ株式会社

今度は住之江さんの会社が出た。

「あら、思ったよりもいい順位ですね」

住之江さんが清楚に微笑む。

最後の最後で天王寺さんを手助けした際、ちゃっかり天王寺グループとの提携を結びつけたらしい。それが結果に繋がったようだ。

時価総額ランキングが百位まで発表された後、次はまた別のランキングが発表される。


――株価上昇率ランキング。


三年間の株価の上昇率を競うランキングが始まった。

最初に発表される会社の名前は――。

1位：トモナリギフト株式会社

「――よし！」

俺は思わず声を出して喜んだ。

実を言えば、三年間の株価上昇率を競うなら、起業からスタートした俺が有利なのは分かっていた。百を二百に変えるよりも、ゼロを百に変える方が遥かに簡単だからだ。

それでも、起業を選んだ生徒は俺だけではない。数ある起業家の中で一番を獲ることができたのは望外の喜びだ。

（生野に感謝しないとな……）

トモナリギフトは現在、俺の代わりに生野が経営している。約束通り上場を実現してくれたおかげで株価も更に上がっていた。

厳密には、トモナリギフトはもう俺の会社ではないが……それでも嬉しい。

「ここからは、入賞者の発表です」

先生がモニターを見ながら、楽しそうに言う。

ランキングが終わり、個人の成績を讃えるコーナーが始まった。

M&A賞：天王寺不動産株式会社

最も妥当な結果だと思った。

天王寺さんがM&Aを駆使して会社の規模を拡大していたのは誰もが知っている。その恩恵に預かった生徒もいるだろう。

人事賞：株式会社天王寺フィナンシャルグループ、此花電機株式会社

こちらの賞は確か、人事の分野で優秀な成績を収めた人が選ばれるものだ。育成や労働時間、福利厚生などが評価されている。反対に、残業時間の長い会社……俗に言うブラック企業などは、たとえ収益は高くてもこの成績が悪い。

雛子の経営方針は、リソースを熟知して使いこなすこと。そのリソースには勿論、社員のことも含まれている。人材を活かしたいい経営ができていたと評価されたのだろう。

しかし特筆するべきはやはり、天王寺さんの名前が連続で出てきたことである。

人を見ることにおいては雛子に引けを取らない。……この連続入賞からは、天王寺さん

の底力のようなものを感じる。

新規事業賞：株式会社シマックス、株式会社ジェーズホールディングス、株式会社引っ越しのタイショウ

「おらーーーっ!!」

「やったーーーーっ!!」

大正と旭さんが立ち上がって喜びを噛み締める。

ジェーズホールディングスと引っ越しのタイショウは、間違いなく家電の移動販売が評価されている。シマックスに関しては通販事業も新規事業に含まれているが、恐らくそれ以上にモータースポーツ業界への参入が評価されているに違いない。

しかし……シマックス、ジェーズホールディングス、引っ越しのタイショウという、このラインナップ。俺にとってはとても縁を感じるものである。

ということは――――。

コンサルタント賞：トモナリコンサルティング株式会社

名前が出るのは二度目だった。

一度じゃない。二度だ。なら、それはもう……絶対に偶然ではない。

(やったぞ…………ッ)

求めていた未来に、一歩近づいた。

雛子たちと対等な関係になるという目標に――。

生徒会に入るという目標に――確実に一歩近づいた。

涙が零れそうなほどの歓喜に浸っていると、周りからパチパチと音が聞こえた。

顔を上げれば、クラスメイトたちが俺を見て拍手していた。

「あ、ありがとうございます……」

なんだか恥ずかしくなってきた。

やばい。泣きそうだ。

入賞者の発表はコンサルタント賞で最後だったらしく、しばらく涙を我慢していると画面が切り替わり、経済産業大臣の労りのメッセージが動画で再生された。これが閉会式の代わりにもなるらしい。

やがて動画も終わり、画面が真っ暗になる。

「以上で、マネジメント・ゲームの結果発表および閉会式は終わりです。皆さん、この一ヶ月半お疲れ様でした。来週まで存分に羽を休めてくださいね」

先生がそう言ったことで、解散となった。

パソコンを閉じて、軽く背筋を伸ばす。

……本当に終わったんだな。

まだ実感がない。

「友成君！　お疲れ～！」

「すげぇな、二つも名前が載ってるなんて！」

旭さんと大正が、俺の席までやって来た。

「皆さんに協力してもらったおかげですよ」

「むしろそれはこっちの台詞だぜ！」

「そうだよ！　新規事業賞に入賞した会社、全部友成君が関わってるじゃん！」

それについては正直、俺も驚いている。

トモナリギフトもトモナリコンサルティングも、市場の都合から時価総額ランキングでは百位以内には入れなかったが、充分過ぎる結果を出してみせた。

「友成さん」

横合いから声をかけられる。

金髪縦ロールの少女が、優しく微笑みながらこちらを見ていた。

「天王寺さん……」

「努力が実りましたわね。貴方の友人であることを、誇りに思いますわ」

「……ありがとうございます」

この人にそういうことを言われると、やっぱり……特別嬉しい。

頭の中で色んな記憶が蘇った。夏休みに海水浴場で生徒会を目指すと言われたこと。それに触発されて俺も目指すようになったこと。だからマネジメント・ゲームでも真剣に結果を出そうとしたこと。しかし根を詰めすぎて天王寺さんに止められたこと。……この一ヶ月半、俺は天王寺さんに支えられてきた。

この人がいなければ、俺はここまで結果を出せなかっただろう。

「皆さん、お疲れ様です」

天王寺さんの後ろから、雛子が近づいてくる。

「おーーーーーっほっほっほ！　此花雛子、時価総額ランキングでは五分五分な決着となりましたが、入賞の数はわたくしの勝利ですわね！　つまり今回はわたくしの勝ちと言っても過言ではありませんわ！」

「そうでしょうか？　時価総額ランキングを見たところ、同業種で比較したら私の会社の方が八割以上いい順位でしたよ。これで天王寺さんの勝ちとは言い難いかと」

「なっ⁉　こ、細かいですわね……‼」

「こういうのはきっちりしませんと」

雛子と天王寺さんの間で火花が散っている。

最初の頃は天王寺さんが一方的に競争心を抱いていたが、いつの間にか、二人のこういう光景が増えているような気がした。

一体どうして雛子も天王寺さんをライバル視するようになったのだろう？

何か思うところでもあったのだろうか。

「ねえねえ！　折角だし、お茶会同盟で打ち上げしない？」

「お、いいね」

旭さんの提案に大正が乗り気になる。

「成香にも連絡してみます」

俺はこの場にいない成香へスマートフォンでメッセージを送った。

返事はすぐに来たが……。

「……あ」

成香からの返事を見て、俺は小さく声を零す。

「都島さん、どうだって？」

「すみません……ちょっと厳しいみたいです」

そう言うと、皆の表情が少し残念そうになった。

何かあったのだろうか？　そんな疑問を抱かれているようだが……。

「……クラスメイトに囲まれて、動けないようです」

成香からの返事を要約して伝えると、旭さんたちは吹き出した。

「そっか、それじゃあ仕方ないね」

「月曜日にするか？　正直、今日は俺も寝不足だし」

「賛成ですわ。わたくしも今日はゆっくり寝ることにしますの」

各々、疲労も溜まっている。

打ち上げは来週に回した方がよさそうな雰囲気だった。

「では、また月曜日に」

皆で校舎の外に出て、解散する。

皆、既に迎えの車は来ているようだ。旭さん、大正、天王寺さんと別れ、すぐに俺と雛子の二人きりになった。

（……成香は、まだクラスメイトと話しているのか）

学院の門を潜る直前、後ろ髪が引かれる気分になり、つい足を止めてしまった。

無意識に振り返るが、広大なグラウンドと校舎が見えるだけで、探している人物は見当たらなかった。

そんな俺の様子を、雛子はじっと見て……。

「……私、先に帰るね」

「え？」

「伊月はもう少し……ゆっくりしてていいよ」

そう言って雛子は一人で門の向こうへ行き、此花家の車に乗った。

車の中に消える雛子の背中を見届けて、俺は後頭部を軽く掻く。

「……見透かされたかな」

申し訳なさと感謝を抱く。

踵を返し、俺は校舎へ戻った。

（……あ、そうだ）

一つ、やるべきことがあったと思い出す。

俺はスマートフォンを取り出し、目当ての人物へ電話した。

◇

「お疲れ様です、お嬢様」

車に入った雛子に、静音が労りの言葉を投げかけた。

「先程、一緒にいた伊月さんはどちらへ向かったのですか？」

「……校舎に戻った」

静音が不思議そうに首を傾げる。

「伊月は、もうちょっと学院にいたいみたいだから……まだ迎えに行かないであげて」

「……承知いたしました」

察しがいいのは静音の美徳だった。

伊月は明らかに成香と話したそうだった。でも、今回ばかりは無理もない。最後の最後であんなに真剣に協力していたのだから。

しかも、自分があの二人に助けられた側である。

流石に今回は遠慮するしかなかった。

車が発進する。いつもなら少し離れたところで伊月と合流するが、今回は時間を空けたいため、適当に辺りをブラブラすることにしたようだ。

　ポケットに入れたスマートフォンが振動した。

　雛子はスマートフォンの画面を見て……嫌な顔をする。

「お嬢様、どうしました？」

「……あの人から電話が来た」

　あの人というのは勿論、兄だ。

　試しに無視してみるが、着信が止まらない。……仕方なく電話に出る。

『お、やっと出た』

「……しつこい」

『そう言わないでくれよ。賞賛したいだけだ』

　兄の琢磨はいつも通りのヘラヘラした態度で言う。

『おめでとう、雛子。無事に時価総額ランキング1位をとれたね。親父も喜ぶよ』

　普通に聞く分には、ただの賞賛の言葉。

　しかし、この男がただ賞賛するためだけに電話してくるはずがない。

「……やっぱり、見てたんだ」

『ああ、見ていたよ。君たちと同じプレイヤー目線でね』

予想していた返事だ。

雛子は溜息を吐く。

「……ハマダ自動車、でしょ？」

『正解』

ハマダ自動車は、貴皇学院の生徒の会社ではない。つまりマネジメント・ゲームのＡＩが経営している会社だった。

実際は、この男……琢磨が操作していたのだ。――表向きは。

『いつから気づいていたんだい？』

「最後の方。……伊月が、此花自動車の裏に不穏な株主がいるって、指摘してくれた辺りから。……いかにも貴方がやりそうなことだと思った」

『人を裏口上場の専門家みたいに言わないでほしいなぁ』

そういうやり口で上場会社を乗っ取って、上場という旨味を維持したまま中身の事業だけ丸ごと挿げ替えるといった手法があるのだ。それを裏口上場と言う。

『あともう少しで此花自動車を乗っ取れそうだったんだけど、絶妙なタイミングで伊月君に勘づかれたかね』

「いい気味……」

『弟子の成長を見られて僕も満足だよ。これぞウィンウィンってやつかな』

皮肉を言ってものらりくらりと躱される。

この男を挑発したら、大抵の場合、威力が二倍になって返ってくる。しかも多分、本人にその気はない。それがまた余計に腹立たしい。

「……今回のイベントの内容も、貴方が考えたの？」

『イベント自体は元々起きるものだったけどね。此花自動車に対するイベントだけ内容を弄らせてもらったよ』

アマゾネスの件と、天王寺ファーマの件にはノータッチのようだ。

『何故、こういうイベントを起こしたか分かるね？』

ほんの少し真剣な声で琢磨が訊いた。

しかし、そんなのは考えるまでもない。兄の性格から答えは予想できる。

「……現実でも、起こり得るケースだから」

『正解。リコール隠しとまではいかないけど、最近のうちのグループは色々と膿が目立つからね。将来のためにも、雛子にこういう経験をさせたかったんだ』

自然に上から目線で言ってくる……。

「……引き金を引くのは、貴方のくせに」

『ははは！　やめてくれ、心を読むのは僕の専売特許なのに』

「貴方が分かりやすいだけ」

もし、現実の此花自動車にリコール隠しがあった場合——それを告発するのは琢磨だろう。夏休みの時も、グループ会社の一つであるコノハドリンクのパワハラを密告したのは琢磨だった。あのせいで雛子はしばらく屋敷から避難しなくてはならなかった。

……まあ、そのおかげで伊月の家に行けたけど。

それはそれ、これはこれだ。

琢磨は、此花グループの上層部に巣食う膿を出すためにしばしば過激な手段を取る。雛子はそれを知っていた。

『ついでに言えば、ハマダ自動車を牽制しておきたかったんだ。あの会社が此花自動車を買収したがっているのは事実だからね。……いやぁ、今頃ハマダ自動車は焦っているんじゃないかな。なにせ、自分たちが密かに思い描いていた未来図を完璧に再現され、その上で潰されたんだから』

貴皇学院の名物授業であるマネジメント・ゲームは、経済界で知れ渡っている有名な行事だ。今回の件はハマダ自動車を含む、此花自動車を狙う全ての企業への牽制となったに違いない。此花自動車も今まで以上に警戒心を抱くようになるだろう。

『しかし、伊月君はよく頑張ったね。雛子も一応プランはあったんだろうけど……』

「……まあ」

実を言えば、此花自動車の立て直し自体は雛子だけでも可能だった。

雛子は、伊月が指摘していた不審な株主の存在に気づいていなかった。けれど出資を引き受ける以上は大なり小なり買収のリスクは検討する。

だから、対策だけは用意していたのだ。

ハマダ自動車が此花自動車を狙う場合、その目的が軽自動車の技術であることは推測できた。そのため、もし買収されそうになったら、軽自動車の事業譲渡で手を打ってもらおうと考えていたのだ。……実はこの部署、海外へ工場を作りすぎて手に余っていた。一見すれば海外展開が成功していることを証明するような華々しい設備だが、ランニングコストが非常にかさんでいたため数年以内には手放すつもりだった。

『大方、被害を最小限に止めるアイデアがあったのかな？』

「……そんな感じ」

『自力で解決できたのに、敢えて伊月君を頼ったのは、やっぱり愛ゆえかい？』

「あ、愛……っ⁉」

助手席にいた静音が振り返る。

いきなり何を言うんだ、この男は。

「そ……そういうのじゃない。ただ……伊月なら、私よりもっといい答えを出せるかもしれないと思ってたから……」

『やっぱり愛じゃないか』

「ち、ちが……う、と、思う……っ!!」

琢磨の楽しそうな声が聞こえてきた。

あの男、楽しんでいるだけだ。……雛子は膝の上で拳を握り締める。

実際、伊月に頼ったおかげでよりよい結果を迎えることができたので、この判断に後悔はない。被害を最小限に留めようとした雛子に対し、伊月は更に会社を成長させるチャンスまで用意してくれたのだ。

「……いつまで、こんなことを続けるつもり?」

小さな声で雛子が訊く。

『全てが終わるまでだよ』

兄は感情が抜け落ちたような声で告げた。

『母さんが死んだ時にそう言っただろ。……僕は、僕が生きている間に、此花グループの膿を出し切ってみせる。……どんな手を使ってもね』

どんな手を使っても。

そう告げた兄の声は、ゾッとするほど冷たかった。

『全て僕の代で終わらせるんだ。……でないと、また母さんみたいな人が現れてしまう』

そう言って、琢磨は電話を切った。

……余計な質問をしてしまったかもしれない。

全部、分かっていたのに。

あの人が背負っているものも。あの人が急いでいる理由も。

全部……知っているのに。

「お嬢様、大丈夫（だいじょうぶ）ですか？」

「……ん」

額に手をやって深刻な表情をする雛子に、静音が心配して声をかけた。

雛子は細く息を吐き、窓の外を見る。

「……家族って、難しい」

◇

妹との電話を切った琢磨は、小さく吐息を零した。

「……話しすぎたな」

常日頃から自分のことを鬱陶しがっている妹にしては、珍しい……心に踏み込んでくるような質問をしてきた。だからだろうか、ついいつも以上に饒舌になってしまった。

椅子から立ち上がり、窓から景色を眺める。

もう何日も利用している会員制のビジネスホテル。そこから見える景色は絶景で、大都会の街並みが一望できた。

部屋は一人で使うには広すぎるが、仕方ない。

敵が多い琢磨は、誰かと同じ部屋で寝ることができなかった。

……翌朝、息を引き取っているかもしれないからだ。

「おや」

スマートフォンが振動する。

画面に表示された名前を見て、琢磨はすぐに電話に出る。

「伊月君、どうしたんだい？　ちなみにマネジメント・ゲームの結果は知ってるよ。コンサルタント賞の入賞おめでとう」

『あ、ありがとうございます……』

なんで知っているんだろう、とでも言いたげに伊月は困惑していた。

相変わらず分かりやすい少年だ。その純朴さは一つの才能と言える。

『それで、その、大したことじゃないんですけど……』

結果の報告だけがしたかったわけではないらしい。

伊月はやや悩みながら、続きを告げた。


『――ハマダ自動車って、琢磨さんが動かしていましたよね？』


一瞬、思考が停止する。

何故、それを……？

雛子が気づいた時とはわけが違う。雛子は幼い頃から琢磨の背中を見ているのだ。そのやり方を、その思考をずっと観察してきている。だから最後の最後で辛うじて気づくことができた。

「……どうして、分かったんだい？」

『なんとなくです。ハマダ自動車について調べているうちに、どうしても琢磨さんっぽいような気がして……』

全く理屈になっていない。

それはまさしく――琢磨と同じ才能だった。

「は……ははっ！」

まるで鏡を見ているような気分だ。

そうか。自分は普段、周りからこんなふうに思われていたのか。

これは貴重な経験だ。……思わず笑ってしまうくらい。

「……その通りだよ」

『やっぱりそうでしたか。……あの、俺の対応はあっていましたか？』

「採点は後日やろう。今日は少し忙しいんだ」

『分かりました』

ここまでの師弟関係で伊月も慣れてきたのか、聞き分けが非常にいい。

『琢磨さん。色々ご指導ありがとうございました』

最後に伊月は、丁寧に礼を述べて電話を切った。

「……礼を言うのは僕の方だよ、伊月君」

スマートフォンをテーブルに置き、琢磨は笑う。

「君がいれば、僕は願いを叶えられそうだ」

エピローグ

電話を切った俺は、スマートフォンをポケットに入れた。

「ふぅ……」

忙しそうだったので手短にお礼を伝えたが、後日きっちり採点はされるらしい。

琢磨さんのことだから、きっと厳しくてタメになる意見が貰えるだろう。……俺にとってのマネジメント・ゲームは、その瞬間まで続いている。

雛子と別れ、カフェで三十分くらい時間を潰す。

……そろそろかな。

校舎の中に戻り、教室へ向かう。

廊下を歩いていると、正面に探していた人物を発見した。

「成香」

「伊月！」

向こうもほぼ同時にこちらに気づく。

今日は成香を褒めなくちゃいけない。雛子を助けるために、成香は尽力してくれた。モータースポーツ業界への参戦という事業の立案のみならず、集会でも雛子を見事説得してみせた。勿論、俺も手伝ったが、これらの功績は全部成香の発想と度胸が為し得たものだ。

流石に一声かけたかった。だから俺は校舎に戻ってきたのだ。

「成香。新規事業賞、おめで――」

「――凄いな、伊月！　ランキング一位に、コンサルタント賞までとるなんて！」

満を持して成香を褒めようとしたら、それ以上の勢いで成香が俺のことを褒めた。

……まいったな。

あれだけ大きなことを成し遂げたのに、最初に口から出るのが俺に対しての賞賛か。

成香らしいなと思う。

「ありがとう。クラスメイトに囲まれていたみたいだけど、もう大丈夫なのか？」

「ああ。……というか伊月は何故ここにいるんだ？　お茶会はもう終わったのか？」

「お茶会は月曜日の放課後になったんだ。成香も来てくれるか？」

「勿論だ！」

成香が嬉しそうに言う。

本当は参加したくて仕方なかったのだろう。

「改めて……お疲れ、成香。いい結果を出せたな」

「伊月のおかげだ。助けてくれてありがとう」

成香が真っ直ぐこちらの目を見て言う。

……なんだろう。

成香が、以前にも増して堂々としているような気がする。

いつもなら、ちょっと恥ずかしそうにもじもじしているはずなのに……。

「どうした、伊月？」

「いや、今日の成香はいつもより自信に満ちてると思って。何かあったのか？」

「ん……まあ、そうだな。昨日、此花さんにプレゼンした時、色々考えてな。堂々と振る舞うコツを掴めたというか……」

上手く言語化できないのか、成香は考えながら答えた。

「あ、あの、都島さん！」

その時、廊下の向こうから小柄な女子生徒が駆け寄ってくる。

俺の知り合いではないが……成香の知り合いでもなさそうだ。成香は駆け寄ってきた女子生徒に、不思議そうに声をかける。

「えっと、なんだ？」

「い、いきなりすみません。私、実家が都島さんと同じスポーツ用品店を営んでいるんですけど、もしよろしければアドバイスいただけないでしょうか？」

「構わないが……私でいいのか？」

「はい！　都島さんは、マネジメント・ゲームの成績も凄く高いですし、それに昨日の此花さんとの議論も……と、とてもかっこよかったです！」

真正面からの賞賛に、成香は圧倒された。

一瞬、嬉しさのあまり顔が緩むが、すぐに引き締める。

「ありがとう。……その、アドバイスについてだが、メールでも問題ないだろうか。今日はそろそろ帰ろうと思っていて……」

「だ、大丈夫です！　連絡先を教えますね！」

少女は素早くメモ帳にメールアドレスを記入し、千切ったページを成香に渡した。

「そ、それでは、失礼します！」

少女は深々と頭を下げて、立ち去ろうとした。

まだ緊張しているのか。少女はぎこちなく歩き出し――。

「――ひゃっ⁉」

「おっと」

何もないところで躓いた少女の身体を、成香は咄嗟に支えてみせた。

成香は少女を抱きかかえたまま、苦笑する。

「すまない。私は顔が怖いせいで、よく緊張されてしまうんだ」

「そ、そんな、都島さんのせいじゃ……」

少女が涙目になった。

いつもの成香なら、またやってしまったと——自分の顔が怖いせいで迷惑をかけてしまったと落ち込む。

しかし今日の成香はひと味違った。

「できれば誤解しないでほしい。……私は貴女と仲良くしたいんだ」

成香がそう言うと……少女の顔が、ぼん、と噴火したように赤く染まる。

「は、はい……」

少女はどこか夢現な様子で頷いた。

ひょこひょこと、少女は小さな歩幅で立ち去る。

俺はそんな少女の背中から、成香に視線を移した。

「……随分変わったな」

「正直、精一杯だがな。今はまだぎこちないが、本物にしていきたいと思っている」

　堂々と振る舞うコツを掴めたというのは、嘘ではないらしい。

　しかし……俺はもう一度、立ち去った少女の方を見た。

　少女はやたらゆっくり歩いており、頻りに成香の方を振り返っては――。

「都島…………お姉様」

　少女の成香を見つめる目には、怪しげなハートが映っていた。

　……何かに目覚めていないか？

　なんと言うか、これからの成香は、雛子や天王寺さんとはまた別の意味で人気が出そうだ。本人にその自覚はなさそうだが……野暮なことはしたくないし俺も黙っておこう。

「伊月は、生徒会を目指すのか？」

　ふと、成香が訊いた。

「そうだな。でも選挙は再来月だし、しばらくはゆっくりしようと思う」

「それがいいな。疲れを取るのも大事なことだ」

　貴皇学院では十二月に生徒会の選挙が行われる。

　マネジメント・ゲームが終わり、気づけば十月の半ば。それでも選挙まではまだ時間があるため、少し気持ちを落ち着かせたいと思っていた。

「自分を変えるのは、楽しいな」

成香が呟く。

「難しいし、まだ慣れないが、とてもやり甲斐がある。きっとこれを続ければ、私は本当の強さを手に入れられる気がする」

昨日の集会を経て、成香は何か大切な価値観に気づいたのだろう。

今の成香は、自らの進むべき道をしっかり見据えているように感じた。

「だから、伊月。私も生徒会長を目指そうと思う」

「…………………え？」

予想外過ぎる宣言に、俺は目を見開いた。

「無謀なのは分かっている。でも、今の私に必要なのは、きっとこういう挑戦だ」

……本気のようだ。

絶句していると、成香が唇を尖らせる。

「む……なんだ、伊月。応援してくれないのか？」

「あ、いや、勿論応援するが……ちょっと意外すぎて、頭が追いついていなくて……」

「つまり、それだけ私らしくない挑戦ということだな。ならば尚更やる価値がある」

無理はしなくてもいいんじゃないか――そう言おうと思ったが、不敵な笑みを浮かべる成香を見ていると、とても無理をしているようには感じない。

焦りでも思いつきでもない。思慮深く、理性で決断したようだ。

しかし、そうなると………。

（……俺は、天王寺さんと成香、どっちを応援すればいいんだ……？）

役員を目指しているのではなく会長を目指すとなれば、天王寺さんとぶつかるはずだ。

その時、俺はどちらの背中を押せばいいのだろう。

「伊月、本当にありがとう」

成香が、真っ直ぐ俺を見て言う。

「昨日、私は大切なことを知った。それを教えてくれたのは伊月だった」

夕焼けに照らされているからだろうか。

成香の顔が、微かに赤く染まっているように見えた。

「私は、一人じゃ駄目なんだ。でも、信頼してくれる誰かが傍にいてくれると、こんなにも堂々と振る舞える。……だからやっぱり、私にとって伊月は必要で、特別なんだ」

そう言って、成香は俺に一歩近づいた。

そのまま、顔を近づけてきて――――。

――頬に、柔らかい何かが触れた。

「は？　え？　な、成香……っ!?」

「〜〜〜〜っ!!」

視界いっぱいに、顔を真っ赤にした成香が見える。

恥ずかしさのあまり目尻に涙を溜めた成香は、自らの唇を隠しながら一歩後退した。

「こ、答えは、聞かない！　だが、後悔しても遅いからなっ！」

成香は俺を指さして言う。

「思いっきりやっちまえと、私に言ったのは――伊月だからなっ!!」

そう叫んで、成香は物凄い速度で走り去った。

本気で走り出した成香に、追いつくことができる人なんて……きっとこの学院には一人もいなかった。

あとがき

坂石遊作です。ページ数が限界です。

というわけで、マネジメント・ゲーム編が終わりました！　ここから伊月たちはまたいつもの日常（？）に戻るわけですが、マネジメント・ゲーム編を経たことで、これからは日常の中でもほんのりと経営について触れられるようになります！

でも伊月たちも箸休めしたいと思いますので、次巻はのんびりする予定です。多分。


【謝辞】

本作の執筆を進めるにあたり、ご関係者の皆様には大変お世話になりました。担当編集様、僕の意識から抜け落ちていた各ヒロインの心理的な境遇について、ご指摘いただきありがとうございます。みわべさくら先生、カバーの成香の「むん！」って感じの表情が最高に可愛いです。ありがとうございます。

最後に、この本を取っていただいた読者の皆様へ、最大級の感謝を。

HJ文庫 https://firecross.jp/
1130

才女のお世話 7

高嶺の花だらけな名門校で、学院一のお嬢様（生活能力皆無）を陰ながらお世話することになりました

2023年12月1日　初版発行

著者――坂石遊作

発行者―松下大介
発行所―株式会社ホビージャパン

〒151-0053
東京都渋谷区代々木2-15-8
電話　03(5304)7604（編集）
03(5304)9112（営業）

印刷所――大日本印刷株式会社

装丁――coil／株式会社エストール

ISBN978-4-7986-3361-9　C0193

ファンレター、作品のご感想お待ちしております

〒151−0053　東京都渋谷区代々木2−15−8
(株)ホビージャパン HJ文庫編集部 気付
坂石遊作 先生／みわべさくら 先生